Gröls Verlage

„Bücher sind wie Fallschirme. Sie nützen uns nichts, wenn wir sie nicht öffnen."

Gröls Verlag

Redaktionelle Hinweise und Impressum

Das vorliegende Werk wurde zugunsten der Authentizität sehr zurückhaltend bearbeitet. So wurden etwa ursprüngliche Rechtschreibfehler regelmäßig *nicht* behoben, denn kleine Unvollkommenheiten machen das Buch – wie im Übrigen den Menschen – erst authentisch. Mitunter wurden jedoch zum Beispiel Absätze behutsam neu getrennt, um den Lesefluss zu erleichtern.

Um die Texte zu rekonstruieren, werden antiquarische Bücher von Lesegeräten gescannt und dann durch eine Software lesbar gemacht. Der so entstandene Text wird von Menschen gegengelesen und korrigiert – hierbei treten auch Fehler auf. Wenn Sie ebenfalls antiquarische Texte einreichen möchten, finden Sie weitere Informationen auf www.groels.de

Viel Freude bei der Lektüre wünscht Ihnen das Team des Gröls-Verlags.

Adressen

Verleger: Hermann-Josef Gröls,

Im Borngrund 26, 61440 Oberursel

Externer Dienstleister für Distribution & Herstellung:

BoD, In de Tarpen 42, 22848 Norderstedt

Unsere „Edition | Werke der Weltliteratur" hat den Anspruch, eine der größten und vollständigsten Sammlungen klassischer Literatur in deutscher Sprache zu werden. Nach und nach versammeln wir hier nicht nur die „üblichen Verdächtigen" von Goethe bis Schiller, sondern auch Kleinode der vergangenen Jahrhunderte, die – zu Unrecht – drohen, in Vergessenheit zu geraten. Wir kultivieren und kuratieren damit einen der wertvollsten Bereiche der abendländischen Kultur. Kleine Auswahl:

Francis Bacon • Neues Organon • **Balzac** • Glanz und Elend der Kurtisanen • **Joachim H. Campe** • Robinson der Jüngere • **Dante Alighieri** • Die Göttliche Komödie • **Daniel Defoe** • Robinson Crusoe • **Charles Dickens** • Oliver Twist • **Denis Diderot** • Jacques der Fatalist • **Fjodor Dostojewski** • Schuld und Sühne • **Arthur Conan Doyle** • Der Hund von Baskerville • **Marie von Ebner-Eschenbach** • Das Gemeindekind • **Elisabeth von Österreich** • Das Poetische Tagebuch • **Friedrich Engels** • Die Lage der arbeitenden Klasse • **Ludwig Feuerbach** • Das Wesen des Christentums • **Johann G. Fichte** • Reden an die deutsche Nation • **Fitzgerald** • Zärtlich ist die Nacht • **Flaubert** • Madame Bovary • **Gorch Fock** • Seefahrt ist not! • **Theodor Fontane** • Effi Briest • **Robert Musil** • Über die Dummheit • **Edgar Wallace** • Der Frosch mit der Maske • **Jakob Wassermann** • Der Fall Maurizius • **Oscar Wilde** • Das Bildnis des Dorian Grey • **Émile Zola** • Germinal • **Stefan Zweig** • Schachnovelle • **Hugo von Hofmannsthal** • Der Tor und der Tod • **Anton Tschechow** • Ein Heiratsantrag • **Arthur Schnitzler** • Reigen • **Friedrich Schiller** • Kabale und Liebe • **Nicolo Machiavelli** • Der Fürst • **Gotthold E. Lessing** • Nathan der Weise • **Augustinus** • Die Bekenntnisse des heiligen Augustinus • **Marcus Aurelius** • Selbstbetrachtungen • **Charles Baudelaire** • Die Blumen des Bösen • **Harriett Stowe** • Onkel Toms Hütte • **Walter Benjamin** • Deutsche Menschen • **Hugo Bettauer** • Die Stadt ohne Juden • **Lewis Caroll** • *und viele mehr….*

G. W. Appleton

Ein unheimlicher Passagier

1.

Es hat eine Zeit gegeben, wo die Erinnerung an meinen verstorbenen Onkel James Bracebridge von Twyford Hall in der Grafschaft Suffolk keine freundlichen Gedanken in mir erweckte, und zwar aus folgendem Grunde: in seinem Testamente hatte er alles bewegliche und unbewegliche Eigentum seinem einzigen Sohne Reginald unter Bedingungen vermacht, die, soweit sie mich betrafen, große Unbequemlichkeiten mit sich brachten, was sich allerdings erst im Laufe der Zeit bemerkbar machte.

Diese Bedingungen waren, daß Reginald sein Erbe nicht eher antreten dürfe, als bis er fünfundzwanzig Jahre zählen würde, und daß ich, als einziger Testamentsvollstrecker und als sein Vormund mit unbeschränkter Machtbefugnis ausgestattet, ihm während dieser langen Wartezeit nach meinem eigenen Ermessen so viel oder so wenig als mir beliebe für seinen Unterhalt auszahlen solle. Für meine Mühewaltung erhielt ich ein Legat von zweitausend Pfund.

Eine weitere Testamentsklausel bestimmte, daß die Erbschaft auf mich übergehen solle, falls Reginald ohne Nachkommenschaft sterben würde.

Nun muß ich offen gestehen, daß mich dieses Vertrauen meines Onkels anfangs mit nicht geringem Stolz erfüllte, da ich es als eine schmeichelhafte Anerkennung meiner Zuverlässigkeit betrachtete. Meine Freudigkeit sollte jedoch nicht von langer Dauer sein, denn schon bald nach dem Tode meines Onkels erkannte ich, wie schwer die Verantwortlichkeit war, die ich auf mich genommen hatte.

Reginald zählte damals zwanzig Jahre und studierte noch in Oxford. Er war zehn Jahre jünger als ich, und da wir uns nur sehr selten gesehen hatten, so wußte ich verhältnismäßig wenig über seinen Charakter. Obgleich ein hübscher, junger Mann von einnehmendem Wesen, schien er nicht sehr intelligent zu sein und wenig Charakterstärke zu besitzen.

In dieser Beurteilung meines Vetters irrte ich mich nicht; am Begräbnistag seines Vaters lernte ich ihn jedoch von einer anderen Seite kennen. Er zeigte nämlich nicht die geringste innere Bewegung, während wir am offenen Grabe standen – im Gegenteil, sein Gesicht trug einen gelangweilten Ausdruck, und als die erste Scholle auf den Sarg fiel, bemerkte ich deutlich, wie er sichtlich erleichtert aufatmete.

Nach beendigter Feier trat er hastig auf mich zu. „Hast du das Testament in Händen?“ fragte er.

Ich bejahte.

„Gut“, nickte er, „dann laß uns die Sache so rasch wie möglich abmachen. Möchte mit dem nächsten Zug zurückfahren, denn ich habe heute abend ein paar Freunde bei mir zum Kartenspiel. – Wer sind die Testamentsvollstrecker?“

„Es ist nur einer – ich selbst“, lautete meine Antwort.

„Bravo!“ rief er, mir auf die Schulter klopfend. „Der Alte hat mich die letzte Zeit furchtbar knapp gehalten. Gib mir mal hundert Pfund, ehe ich geh' – bist auch ein guter Kerl!“

Ich schaute ihn mit unverhohlener Mißbilligung an, fühlte ich mich doch von seinem Benehmen im höchsten Grade abgestoßen. Was für ein herzloser Bursche das ist! dachte ich bei mir, laut aber entgegnete ich in ernstem Ton: „Warte lieber, bis du den Inhalt des Testaments erfahren hast; nachher will ich das weitere mit dir besprechen.“

„Meinetwegen!“ warf er leicht hin. „Brauchst deshalb nicht gleich so brummig zu sein.“

Ich würdigte ihn keiner Antwort, und schweigend kehrten wir ins Trauerhaus zurück. Hier ergriff ihn von neuem die Ungeduld; er drängte mich, das Testament rasch zu verlesen, allein ich beeilte mich durchaus nicht, seinem Wunsche zu entsprechen. Da mein verstorbener Onkel verschiedene langjährige Diener mit kleinen Legaten bedacht hatte, so ließ ich die Betreffenden in das Bibliothekzimmer kommen. Es verging eine halbe Stunde, bis alle versammelt waren, während welcher Zeit

Reginald sich unruhig auf seinem Sitze hin und her bewegte, jeden Augenblick die Uhr hervorzog und seinem Ärger in verdrießlichen Worten Luft machte.

Endlich schritt ich zur Eröffnung des Testaments, das ich mit absichtlicher Umständlichkeit verlas, indem ich jedem der Beschenkten ein paar freundliche Worte sagte. Zuletzt kam die Klausel, die Reginald betraf.

Gespannt, mit offenem Munde, hörte er zu, dann aber sprang er ungestüm in die Höhe. „Holla!“ rief er aufgebracht, „das sind ja ganz lächerliche Bestimmungen. Dagegen protestiere ich.“

„Das wird dir nicht viel nützen“, erwiderte ich kurz, und nachdem ich die Dienerschaft entlassen hatte, wandte ich mich wieder zu ihm. „Dein Benehmen, Reginald“, sagte ich vorwurfsvoll, „ist geradezu unerhört. Hast du denn gar kein Gefühl für Anstand und Pietät, daß du bei solch einer feierlichen Gelegenheit davon sprichst, du müßtest wieder fort, um in einer Gesellschaft – Karten zu spielen?“

„Was macht das aus?“ gab er gleichgültig zurück. „Diese Anstandskomödie hat gar keinen Sinn. Der Alte ist tot. Was nützt es, darüber zu heulen? Damit kann ich ihn doch nicht wieder lebendig machen. Und warum, zum Kuckuck, hast du zugelassen, daß er ein so verrücktes Testament aufsetzte? Läßt sich das nicht umstoßen?“

„Von wem?“ fragte ich lächelnd. „Doch nicht von dir? Nach den gesetzlichen Bestimmungen kann jeder geistig gesunde Mensch nach Belieben über sein Eigentum verfügen, sofern es kein Fideikommiß oder Majorat ist. Dein Vater hatte zweifellos seine guten Gründe, weshalb er diese Beschränkung machte, gegen die du Einspruch erhebst.“

„Nein, er hatte keine Ursache dazu“, grollte Reginald. „In Oxford war ich nur ein- oder zweimal in der Klemme, worüber er allerdings brummte. Aber lieber Himmel! Darf man sich denn in der Jugend nicht ein wenig austoben? Wie kann er sich über solche Kleinigkeiten erzürnt haben? Ich finde, er hat sehr schlecht gegen mich gehandelt. Na, du bist aber zum Glück kein schlechter Kerl, Frank, und wirst mir das Leben nicht schwer machen. Also gib mir die hundert Pfund“, er sah wieder auf die Uhr, „ich muß wirklich in ein paar Minuten fort.“

„Von mir erhältst du heute keine hundert Pfund“, entgegnete ich streng. „Nicht einen einzigen Pfennig. Ich habe selten einen so herz- und gefühllosen Menschen gesehen wie dich und muß dir offen sagen, daß ich sehr unzufrieden mit dir bin. Vergiß ja nicht – du stehst noch unter meiner Vormundschaft. Ich werde die Macht, die mir gegeben ist, in genauer Übereinstimmung mit deinem künftigen Verhalten ausüben. Heute hast du einen sehr schlechten Anfang gemacht.“

Verdutzt hörte er mir zu, und dann wechselte er plötzlich sein Benehmen.

„Geh, alter Freund“, sagte er in einschmeichelndem Tone, „du wirst doch nicht so hartherzig gegen mich armen Jungen sein. Unter diesen Umständen könntest du wirklich ein wenig Nachsicht üben. Was sind denn lumpige hundert Pfund und was macht es aus, ob du sie mir heute oder nächste Woche gibst? Ich brauche das Geld so nötig, Frank. Auf Ehre – ich muß es haben. Wenn ich dich gekränkt habe, tut's mir leid – ich hatte wahrhaftig nicht die Absicht; es ist so 'ne dumme Art von mir. Werd' mich aber bessern – darfst's mir glauben. Also gib mir das Geld; vielleicht drück' ich mich damit durch.“

Doch ich blieb unerbittlich. „Nicht einen Pfennig gebe ich dir heute. Schicke mir eine genaue Liste deiner Schulden sowie deiner Ausgaben vom letzten Jahr. Ich werde sie prüfen und dann bestimmen, wieviel ich dir in Zukunft bewilligen kann.“

„Gut“, erwiderte er mit gezwungenem Lachen, „'s ist zwar ein wunderliches Geschäftsverfahren, aber mit dem Schatzkanzler darf man nicht streiten. Werde inzwischen irgendwo borgen – anders geht's nicht.“ Er stand auf und trat ans Fenster. „Ah, da kommt William mit dem Wagen. Habe gerade noch Zeit, den Zug zu erreichen. Adieu, Frank! Sei nicht zu hart gegen mich! Werde ja jetzt ein Musterknabe sein. Morgen schicke ich dir also die Liste. Ta-ta!“

Leichtherzig eilte er davon und überließ mich meinen eigenen Gedanken, die wahrlich keine angenehmen waren, zumal es mir auch zum Bewußtsein kam, daß jetzt nicht nur die Verwaltung eines großen Gutes, sondern auch die Ordnung eines aus den Fugen geratenen Haushaltes auf mir lastete – für einen Junggesellen, wie ich es war, keine geringe Bürde.

Es ist jedoch nicht meine Absicht, näher auf die Ereignisse der nächsten zwei Jahre einzugehen; nur soviel sei gesagt, daß meine schlimmsten Befürchtungen in bezug aus Reginald sich als begründet erwiesen. Sein Schuldkonto war ein sehr beträchtliches, und ich mußte energische Maßregeln treffen, um eine Wiederholung dieser Verhältnisse zu verhindern. Leider zeigte es sich, daß sein Versprechen, sich zu bessern, nicht ernstlich gemeint gewesen war. Ich erfuhr von nächtlichen Gelagen in seiner Wohnung, Wirtshausstreitigkeiten und unwürdigen Torheiten aller Art. Schließlich erhielt ich auch noch die Mitteilung vom Dekan der Fakultät, daß Reginalds Verbleiben an der Universität in jeder Hinsicht unzulässig geworden sei, und da es unmöglich schiene, daß er jemals sein Examen machen könne, so müsse man zu seiner Ausschließung schreiten.

Dies ernüchterte den jungen Taugenichts für kurze Zeit. Er schrieb mir einen reuevollen Brief, siedelte nach Twyford Hall über und verhielt sich eine Weile so ruhig, daß ich wirklich an eine Sinnesänderung seinerseits glaubte. Leider sah ich mich abermals getäuscht, denn eines schönen Tages zog er nach London und begann wieder sein früheres ausschweifendes Leben. Zwar hielt ich ihn äußerst knapp; trotzdem brachte er sich beständig in Ungelegenheiten, aus denen ich ihn befreien mußte. So verlor ich viel kostbare Zeit mit ihm, für die mich die zweitausend Pfund meines Onkels nur kärglich entschädigten.

Da ich, wie mein Schild in Brunswick Square zweihundertzehn besagte, Rechtsanwalt und Notar war und eine ausgedehnte Praxis hatte, die meine ganze Aufmerksamkeit in Anspruch nahm, so kam es mir oft sehr ungelegen, meine Zeit damit verschwenden zu müssen, Reginald seinen immerwährenden Schwierigkeiten zu entreißen.

Als ich schließlich die Schraube anzog und ihm jeden Zuschuß verweigerte, überlistete er mich ganz einfach, indem er sich an gewisse Shylocks des Westens wandte, die sehr gut wußten, daß meine Macht nur von beschränkter Zeitdauer war. Auch bei Geschäftsleuten nutzte Reginald das Vertrauen aus, und so hatten die wohlgemeinten Absichten seines Vaters zu meinem großen Leidwesen ihren Zweck völlig verfehlt.

Unter solch unbehaglichen Zuständen verstrichen zwei Jahre. Ich hatte Reginald seit mehreren Monaten nicht gesehen, wußte jedoch durch eingezogene Erkundigungen, daß er viel auf Reisen war und hauptsächlich in Paris lebte, seine dortige Adresse konnte ich aber nicht erfahren.

Eines Morgens nun fand ich unter den für mich eingelaufenen Briefen ein Schreiben aus Paris, dessen Inhalt folgendermaßen lautete:

„Jemand, der Reginald Bracebridge in Oxford gekannt hat und ihn wegen des Mißgeschickes, das ihn dort traf, sehr bedauerte, hält es für seine Pflicht, Sie zu benachrichtigen, daß der junge Mann hier in Paris in die Hände von Gaunern beiderlei Geschlechts gefallen ist. Es wäre daher dringend zu wünschen, daß Sie unverzüglich hierher kämen, den Unbesonnenen aus ihren Netzen zu befreien, ehe es zu spät sein wird. Er hat eine beträchtliche Anzahl wertvoller Juwelen in seinem Besitz und wirft verschwenderisch mit dem Gelde um sich. Sie werden ihn im Hotel Scribe finden."

So weit also war es mit dem jungen Tunichtgut gekommen! Natürlich zögerte ich keinen Augenblick, sondern reiste ohne Säumen nach Paris ab.

2.

Am folgenden Morgen um halb acht Uhr sprach ich im Hotel Scribe vor und erhielt die Auskunft, ein Herr Bracebridge wohne allerdings da, schlafe aber noch. Er frühstücke gewöhnlich um neun Uhr in seinem Zimmer; vorher liebe er nicht gestört zu werden. Ob ich nicht etwas später noch einmal wiederkommen wolle?

Ich war damit einverstanden. Meiner Beute sicher, brauchte ich jetzt nur ein paar Stunden verbummeln, was zur Sommerszeit in Paris nicht schwerfällt. Zuerst frühstückte ich in einem Café an den Boulevards und wanderte dann gemächlich den Markthallen – dem „Bauch von Paris“ – zu, wo ich mir eine Stunde lang das lebhafte und interessante Treiben ansah.

Die Pariser sind wirklich Frühaufsteher – bereits um halb acht ist die ganze Stadt an der Tagesarbeit.

Es schlug gerade neun, als ich wieder vor dem Hotel Scribe stand. Da man mir sagte, Herr Bracebridge habe noch nicht nach dem Frühstück geklingelt, so wartete ich noch eine halbe Stunde, erhielt dann aber die Auskunft, der Herr schlafe noch.

Auch um zehn Uhr bekam ich den gleichen Bescheid. Ich fürchtete nun, er sei mir heimlich entschlüpft. Meine Karte vorweisend, legitimierte ich mich daher als seinen nahen Verwandten, der von London herübergekommen sei, um ihn in dringender Angelegenheit zu sprechen, und verlangte energisch, man solle ihn wecken. Nach einigem Zaudern wurde meiner Forderung Folge geleistet. Der Kellner kam jedoch mit der Nachricht zurück, Herr Bracebridge müsse die Nacht auswärts verbracht haben, denn er befinde sich nicht in seinem Zimmer und das Bett sei unbenutzt.

Dies setzte mich in Erstaunen. Ich ließ mir Tinte, Feder und Papier geben und schrieb einen kurzen Brief an Reginald, worin ich ihm mitteilte, ich sei nach Paris gekommen, um ihn in einer wichtigen Sache zu sprechen und erwarte bestimmt, ihn um zwölf Uhr im Hotel zu treffen. Diesen Brief ließ ich im Büro zurück mit der strikten Anweisung, ihn Herrn Bracebridge sofort nach seiner Rückkehr einzuhändigen.

Punkt zwölf Uhr stellte ich mich wieder ein. Der höfliche Beamte im Büro schüttelte lächelnd den Kopf, indem er auf mein Schreiben deutete, das noch auf dem Tisch lag. So schrieb ich denn außen auf das Kuvert: „Komme um zwei wieder!“ und suchte dann ein Restaurant auf, da ich mächtigen Hunger verspürte.

Als ich um zwei Uhr ins Hotel kam, war meine Nachfrage abermals umsonst. Jetzt beschlich mich doch eine leise Besorgnis, die allerdings nicht frei von Mißtrauen war. Was konnte ich aber tun? Ich mußte mich in Geduld fassen und weitere zwei Stunden warten.

Bei meiner Rückkehr um vier Uhr kam mir der Buchhalter des Hotels mit einem Telegramm entgegen.

„Endlich, mein Herr!" sagte er, mir die Depesche reichend. Sie war an den Hoteldirektor gerichtet und kam von Brüssel.

„Muß sofort nach Berlin", lautete sie, „behalten Sie mein Gepäck, bis ich zurückkehre und schicken Sie meine Rechnung an Frank Bracebridge, Brunswick Square zweihundertzehn London, der sie begleichen wird.

Bracebridge."

Diese Nachricht überraschte und ärgerte mich, zumal ich sah, wie ausfällig der Buchhalter meine Karte hin und her drehte. Welch eine Verdrießlichkeit! Nicht nur hatte ich einen Narrengang nach Paris gemacht, sondern sollte auch noch eine Geldforderung begleichen, der ich nicht ausweichen konnte. Die Sache war im höchsten Grade ärgerlich, allein ich begriff, daß mir nichts übrigblieb als gute Miene zum bösen Spiel zu machen.

„Es ist mir sehr unangenehm", sagte ich, die Depesche zurückgebend, „denn meine Zeit ist kostbar und ich habe nun einen ganzen Tag nutzlos verschwendet. Aus meiner Karte ersehen Sie wohl, daß ich die im Telegramm erwähnte Persönlichkeit bin. Schreiben Sie also bitte gleich die Rechnung. Inzwischen möchte ich den Herrn Direktor sprechen."

Nach wenigen Minuten saß ich mit diesem zusammen, und er war bereit, zur Liquidation seines Kontos, das sich auf mehrere Tausend Franken belief, einen Scheck anzunehmen. Da ich auf eine hohe Rechnung gefaßt gewesen war, so ging ich nicht näher aus die Einzelheiten derselben ein, sondern schrieb den Scheck und befragte dann den Direktor über Reginalds Lebensweise und Verkehr. Der gute Mann war jedoch von einer kindlichen Unwissenheit, was seine Gäste anbetraf – ich konnte nicht die geringste Auskunft von ihm erlangen. Ich gab auch bald den Versuch auf, dankte ihm und verließ das Hotel.

Am selben Abend gegen zehn Uhr erreichte ich den Nordbahnhof noch eben zur rechten Zeit, um in ein Abteil erster Klasse des nach Calais abfahrenden Schnellzuges zu springen.

Todmüde von der vierundzwanzigstündigen Hetzjagd, während welcher kein Schlaf in meine Augen gekommen war, sank ich in die Polster. Ich bemerkte nur noch, daß mein einziger Reisegefährte schrägüber in der Ecke ein weibliches Wesen war, dann schloß ich die Augen, und nach kaum zwei Minuten schlief ich fest wie ein Murmeltier.

Als der Zug in Amiens hielt, fuhr ich einen Augenblick aus meinem Traum auf, merkte, daß die Dame noch auf ihrem Platze saß und – schlief wieder weiter.

Etwa eine Stunde später erwachte ich mit klarem Bewußtsein, und nun sah ich, daß die Augen der Frau forschend auf mich gerichtet waren. Sie zeigten einen Ausdruck der Überraschung und des Erkennens. Als sich unsere Blicke begegneten, lächelte sie. Ich stutzte; dann aber lüftete ich den Hut und setzte mich neben sie.

Wie ein Blitzstrahl kam mir ein Ereignis in Erinnerung.

Es war vor einem Jahr während einer kurzen Ferienreise auf dem Kontinent gewesen, als ich eines Abends in Baden-Baden in der Nähe des Kursaals einen Hilferuf vernahm. Rasch eilte ich der Richtung zu, aus welcher er kam und fand in einer der Alleen eine Frau in heftigem Kampf mit einem großen schwarzbärtigen Mann.

Mit einem Satz stand ich an ihrer Seite.

Nicht ohne Stolz darf ich mich einen Herkules nennen, denn ich bin sechs Fuß drei Zoll hoch, sehr breitschultrig und kann bei Gelegenheit ordentlich zuhauen.

Durch einen heftigen Stoß warf ich den Mann flach auf den Rücken und ohne mich weiter um ihn zu kümmern – wußte ich doch, daß er sobald nicht imstande sein werde, sich zu erheben – bot ich der zitternden Dame meinen Arm und geleitete sie in ihr Hotel. Sie dankte mir mit warmen Worten, dann ging ich meiner Wege.

Ihretwegen verschob ich meine Abreise um zwei Tage, allein ich begegnete ihr nicht wieder.

Seit jener Zeit kam mir das schöne Gesicht dieser Frau oftmals ins Gedächtnis zurück, und nun, o Wunder! saßen wir plötzlich allein nebeneinander im Pariser Schnellzug nach Calais. Die Situation war romantisch, mir aber durchaus nicht unangenehm.

„Ich irre mich wohl nicht", redete ich sie zögernd an, „war es nicht in Baden-Baden, daß wir uns trafen?"

„Ja", nickte sie, mir die Hand reichend. „Sie haben mir damals einen Dienst erwiesen, der sich nie vergißt. Ich danke Ihnen aus tiefster Seele dafür."

Während ich ihre kleine behandschuhte Rechte einen Augenblick in der meinen hielt, erfaßte ich mit einem Blick den ganzen Reiz ihrer Erscheinung. Ein liebliches Gesicht, üppiges, wie Goldbronze schimmerndes Haar, große, dunkle, wunderbar leuchtende Augen, ein blendend weißer, rosig angehauchter Teint, der Mund einer griechischen Göttin mit kirschroten Lippen und milchweißen Perlenzähnchen – kurz, das schönste Weib, das meine Augen je gesehen.

„Ich verdiene keinen Dank", wehrte ich bescheiden ab, „denn ich erfüllte nur die Ritterpflicht gegen eine bedrängte Frau. Es ist also kein Verdienst. Ich darf wohl annehmen, daß das Abenteuer keine mißlichen Folgen für Sie hatte. Meine Hoffnung, Sie damals vor meiner Abreise noch einmal zu sehen, blieb leider unerfüllt."

Kaum hatte ich diese Worte ausgesprochen, als ich auch schon meine Kühnheit bereute. Sie zeigte sich aber durchaus nicht beleidigt.

„Mich erfüllte derselbe Wunsch", erwiderte sie. „Ich fürchtete nämlich, Ihnen in der Aufregung des Augenblicks nicht genügend gedankt zu haben. Da ich aber eine tödliche Angst vor dem Manne hatte, so entfloh ich mit dem ersten Morgenzug. Hätte ich Ihre Adresse gewußt, hätte ich Ihnen sicher geschrieben.“

„So kannten Sie Ihren Angreifer?“ warf ich ein.

„Sehr genau. Er war mein Gatte.“

Das klang höchst sonderbar; weil mir jedoch nichts Besseres einfiel, antwortete ich nur: „Ah, wirklich?“

„Sie scheinen überrascht zu sein“, bemerkte sie; „ich sehe es an Ihrem Gesicht. Wahrscheinlich würden Sie sich aber nicht wundern, wenn ich Ihnen sage, daß dieser Mann fast von der ersten Stunde unserer Ehe an für mich ein Fluch, ein Alpdruck, ein Schrecken gewesen ist. Ein Jahr lang blieb ich vor seinen Nachstellungen verschont – aus dem einfachen Grunde, weil er machtlos war, mich zu verfolgen. Ich weiß aber nicht, wann er plötzlich wieder auftauchen und was dann geschehen wird. Ich fühle mich nie und nirgends sicher.“

„Können Sie sich in keiner Weise schützen?“ fragte ich.

Sie schüttelte den Kopf. „Ich wüßte nicht mit welchen Mitteln. Der Fall ist, fürchte ich, ein hoffnungsloser“ ...

Schon stand ich im Begriff, einige teilnehmende Worte zu äußern, als die Lokomotivenpfeife ertönte; der Zug fuhr langsamer, und gleich darauf befanden wir uns – zu meinem Erstaunen – im Bahnhof von Calais.

Ich ließ das Fenster herab und schaute hinaus.

Auf dem Bahnsteig rief jemand laut: „Ein Telegramm für die Baronin Slavinsky.“

Meine Gefährtin fuhr jäh in die Höhe.

„Was ruft man?“ fragte sie.

Ich wiederholte ihr die Worte.

„Winken Sie den Mann hierher!“ bat sie. „Die Depesche ist für mich. Was mag es bedeuten?“

Ich sah, wie sie vor Erregung zitterte, und rasch die Waggontüre öffnend, rief ich den Beamten heran. „Das Telegramm ist für diese Dame“, sagte ich, mit der Baronin aussteigend, die hastig nach der Depesche griff, als der Postbote sie ihr reichte. Während sie den Inhalt las, bemerkte ich, wie sich ihre Augen vor Schreck weiteten und jeder Blutstropfen aus ihrem Gesichte wich.

„Es ist eingetreten, was ich fürchtete“, sagte sie halblaut zu mir gewandt. „Ich kann es Ihnen nicht näher erklären, aber heute darf ich unter keinen Umständen nach London weiterreisen. Mit dem nächsten Zug muß ich nach Paris zurück. Mein Koffer geht aber durch bis Charing Croß. Was soll ich tun?“ schloß sie ratlos.

„Kann ich Ihnen irgendwie behilflich sein“, bot ich ihr meine Dienste an.

„Oh, wenn Sie mir wirklich beistehen wollten, wäre ich sehr dankbar“, rief sie erfreut. „Hier ist der Gepäckschein“, fügte sie hinzu, indem sie mir das Papier gab. „Vielleicht haben Sie die Güte, dafür zu sorgen, daß mein Koffer in Charing Croß im Gepäckraum aufbewahrt wird und schicken mir dann den Schein. Meinen Namen wissen Sie jetzt – Baronin Slavinsky und meine Adresse ist Grand Hotel in Paris. Darf ich es wirklich wagen, Sie derart zu bemühen?“

„Eine ganz unnötige Frage, gnädige Frau“, erwiderte ich höflich. „Ich wünschte, diese Mühe, wie Sie es nennen, wäre eine viel größere. Doch – wie ist es mit der Zolluntersuchung? Der Koffer muß in London geöffnet werden.“

„Natürlich!“ nickte sie, mir den Schlüssel reichend. „Ich habe wirklich den Kopf verloren.“

Ich geleitete sie hierauf mit ihrem Handgepäck in den Wartesaal und obgleich sie das Telegramm nicht weiter erwähnte, merkte ich doch, daß etwas Wichtiges geschehen sein mußte, da sie in ihrem Wesen völlig verändert war.

Erst als ich mich von ihr verabschiedete, vergaß sie für einen Augenblick die Furcht, die sie beherrschte.

„Sie sind so überaus freundlich gegen mich gewesen", sagte sie warm. „Ich hoffe, daß ich Ihnen eines Tages alles erklären kann. Doch, da fällt mir ein – ich weiß ja gar nicht Ihren Namen."

„Ach, verzeihen Sie", stammelte ich, wie ein Schulknabe errötend, während ich rasch eine Besuchskarte hervorzog. Ohne einen Blick darauf zu werfen, schob sie diese in ihre Handtasche. „Ich werde es nicht vergessen", sagte sie ernst. Dann schüttelten wir uns die Hand zum Abschied.

Die Signalpfeife auf dem Dampfer mahnte mich zur Eile, und von seltsamen Gefühlen bewegt, ging ich an Bord des Schiffes. Die Überfahrt verlief ohne Störung; zur bestimmten Stunde traf ich in London ein, und am Charing Croß-Bahnhof aussteigend, begab ich mich mit dem Gepäckschein in den Raum, wo die Zollbeamten das Gepäck der angekommenen Passagiere revidieren.

Das meinige oder vielmehr der Baronin Slavinsky gehörige, war bald gefunden – ein riesiger Rohrplattenkoffer, an dem das Schild des Grand Hotel klebte. Ich schloß ihn auf, und der Beamte lüftete den Deckel, ließ ihn aber gleich wieder fallen, indem er erschrocken ausrief: „Großer Gott!"

„Was ist denn los?" fragte ich, in höchstem Grade überrascht.

„Was los ist?" lautete die schroffe Antwort. „Das müßten Sie doch am besten wissen. Sehen Sie sich gefälligst Ihr Gepäck an."

Ich hob nun den Deckel auf, doch was ich erblickte, machte mich fast schwindlig vor Entsetzen. Ganz zusammengedrückt lag da – die Leiche meines Vetters Reginald im Gesellschaftsanzug, mit starren, weitgeöffneten Augen, die wie vorwurfsvoll auf mich gerichtet waren.

3.

Ich bezweifle, ob sich je ein unschuldiger Mensch in einer so schrecklichen Lage befunden hat wie ich in jenem Augenblick. Mir schwindelte es vor den Augen; meine Lippen brachten keinen Laut hervor – die grausige Situation hatte mich völlig übermannt.

Der Zollbeamte warf mir einen scharfen, durchdringenden Blick zu, dann winkte er mit kaum merklichem Heben der Brauen jemandem, der hinter mir stand. Gleich darauf trat ein Polizist unauffällig an den Tisch.

Inzwischen hatten sich bereits eine Anzahl Neugieriger, die merkten, daß etwas nicht in Ordnung war, sie vermuteten wahrscheinlich geschmuggelten Tabak – an den offenen Koffer herangedrängt. Der Beamte warf daher rasch den Deckel zu.

„Ich werde Sie gleich abfertigen, mein Herr", sagte er zu mir. „Sie warten wohl, bis wir die anderen Stücke durchgesehen haben."

Ich begriff, was er meinte. „O gewiß!" erwiderte ich zustimmend. „Selbstverständlich werde ich warten."

Dieser Aufschub gab mir Zeit, meine Fassung wiederzugewinnen; gleichzeitig erkannte ich aber auch, in welch schwierige Lage ich geraten war.

Zehn Minuten verstrichen. Der letzte Reisende mit seinem Gepäck hatte sich entfernt. Ich sah nur noch den Polizisten an meiner Seite, den schrecklichen Kasten mit seinem grausigen Inhalt und den Zollbeamten. Letzterer rief zwei Gepäckträger herbei.

„Tragen Sie das ins Büro zum Stationsvorsteher", wies er die beiden an, winkte mir zu folgen und schritt den Bahnsteig entlang nach dem Dienstlokal des Inspektors. Der Polizist blieb an meiner Seite, während die Kofferträger mit ihrer Last folgten. Als sie dieselbe abgestellt und sich entfernt hatten, trat der Inspektor ein.

„Was ist's?" fragte er den Zollbeamten. „Tabak?"

„Schlimmeres!" entgegnete dieser kurz, indem er den Deckel des Kastens zurückschlug.

Wieder vernahm ich den entsetzten Ausruf: „Großer Gott!“ und sah, wie der Beamte mit dem Daumen nach mir wies. Der Vorsteher musterte mich von oben bis unten, als sei ich das neueste Verbrecherphänomen.

„Was soll das bedeuten?“ fragte er mich mit strenger Amtsmiene.

„Ich habe keine Ahnung“, erklärte ich.

„Ist das Ihr Koffer oder nicht?“

„Bis vor einer Viertelstunde habe ich ihn nie gesehen“, lautete meine Antwort.

„Wie kommen Sie dann zu dem Gepäckschein und zu dem Schlüssel?“ warf der Zollbeamte dazwischen.

„Ich erhielt beides von einer Dame in Calais, die mich bat, den Koffer hier aufbewahren zu lassen und ihr einen Schein darüber zu schicken.“

Die Beamten hörten diese Erklärung in heller Verwunderung an; der Polizist jedoch legte den Finger an die Nase und lächelte vor sich hin mit der Überlegenheit eines Experten, der alle Schliche und Kunstgriffe der Verbrecher kennt.

„Das ist ja eine sehr merkwürdige Angabe“, äußerte der Inspektor.

„Allerdings“, gab ich zu, „trotzdem ist sie wahr.“

„Dann wissen Sie auch nicht, wo der Tote hingehört?“

„Im Gegenteil – ich weiß es ganz genau. Es ist mein Vetter und Mündel Reginald Bracebridge von Twyford Hall in der Grafschaft Suffolk.“

So sprechend, legte ich dem Inspektor meine Karte vor, indem ich ihm meine Reiseerlebnisse mitteilte. „Ich begreife aber“, schloß ich, „daß ich mich als verhaftet betrachten muß, bis ich meine Aussagen bestätigen kann.“

„Ich fürchte“, entschuldigte sich der Vorsteher, auf den meine Worte Eindruck gemacht zu haben schienen, „daß unter diesen Umständen nichts anderes übrig bleibt. Es ist unsere Pflicht, die Sache der Polizei zu übergeben. Der Tote muß ins Leichenhaus gebracht werden, wo die gerichtliche Totenschau stattfinden wird. Inzwischen muß ich Sie in Haft nehmen. Sie begreifen das, nicht wahr?“

„O gewiß!“ erwiderte ich. „Sie können ja nicht anders handeln. Wahrscheinlich nach Bow Street?“ wandte ich mich an den Polizisten.

Dieser bejahte.

Und nun folgte das sensationellste Ereignis meines Lebens: Ich wurde nach strenger Polizeivorschrift am Arm durch die Straßen nach dem weltbekannten Gerichtshof eskortiert. Die Vorübergehenden starrten mich neugierig an; da es aber noch sehr frühzeitig war, so begegneten mir auf diesem peinlichen Wege zum Glück keine Bekannten. Dennoch atmete ich auf, als ich mich endlich – so lächerlich es auch klingen mag – hinter den schützenden Mauern befand. Es war allerdings keine ehrenvolle Situation, hinter Eisengittern das Verhör eines nicht höflichen Polizeikommissärs erdulden zu müssen, allein im Bewußtsein meiner Unschuld empfand ich keine Furcht, mit einem Gerichtsbeamten zu verhandeln, den ich überdies noch persönlich kannte.

Was in den nächsten Stunden geschah, brauche ich nicht näher zu erörtern. Für mich war es natürlich etwas ganz Neues, einem Verhör zu unterstehen, doch bewahrte ich meine Fassung, und nachdem ich in gedrängter Kürze mein seltsames Reiseerlebnis berichtet hatte, stellte ich es der Behörde anheim, zur Bestätigung meiner Aussagen Erkundigungen einzuziehen, ob am Bahnhof in Calais ein Telegramm an eine Baronin Slavinsky ausgeliefert worden sei und ob die Adresse, die sie mir gegeben – Grand Hotel in Paris – richtig war.

Ich bat dann, mich in der Zwischenzeit gegen Kaution – einerlei in welcher Höhe – freizugeben; der Beamte lehnte dies jedoch ab, weil die Sache zu ernst sei, um eine Kaution zuzulassen. So mußte ich mich wohl oder übel in mein Schicksal ergeben, und am Nachmittag wurde ich mit anderen Gefangenen im grünen Wagen nach dem Hollowaygefängnis überführt.

Dem ungemütlichen Tag folgte eine noch ungemütlichere Nacht, die ich hier nicht näher beschreiben will. Nur dies eine muß ich erwähnen:

gerade als die Gefängnisglocke zum Abendgebet rief, durchzuckte mich jäh der Gedanke, daß ich, nun Reginald tot war, das Vermögen meines Onkels erben würde. Sollten sich nun meine Aussagen nicht bestätigen lassen, so lag in diesem Umstand – für den Richter wenigstens – ein klarer Beweis, daß ich der Ermordung meines unglücklichen Vetters nicht fern stand. Augenscheinlich hatte mich die schöne Baronin hintergangen, obgleich unsere Begegnung eine ganz unvorhergesehene war. Ein reiner Zufall brachte mich in ihre Nähe, denn ich wäre lieber in ein Raucherabteil gestiegen.

Wie töricht war es überhaupt von mir gewesen, nach Paris zu fahren! Warum hatte ich – es geschah zum erstenmal in meinem Leben – einem anonymen Briefe Glauben geschenkt? Und was bedeutete das Telegramm aus Brüssel, das gerade während meiner Anwesenheit im Hotel Scribe eintraf? Derartige Erwägungen durchkreuzten unablässig mein Hirn, bis meine Zelle geöffnet wurde und ein mürrisch aussehender Wärter mich in die traurige Wirklichkeit meiner Lage zurückrief, indem er mir einen Besen, Wassereimer und Scheuerlappen einhändigte und mich in der Arbeit einer Putzfrau unterwies. Zwei schreckliche Tage erlebte ich in dem Gefängnis – dann winkte mir die Freiheit. Die polizeilichen Erhebungen hatten nämlich die Richtigkeit meiner Aussagen insofern festgestellt, als wirklich eine Frau, die meiner Beschreibung genau entsprach, bei der Ankunft des Schnellzuges in Calais ein Telegramm erhalten und auch persönlich den Koffer mit der Leiche meines Vetters, am Pariser Nordbahnhof aufgegeben hatte. Unter dem Namen einer Baronin Slavinsky war sie mit einer Jungfer mehrere Wochen im Grand Hotel gewesen. Ein Hoteldiener sowie der Chauffeur, der sie zur Bahn gefahren, hatten den Koffer genau beschrieben. Ein Mann war an jenem Tage nicht in ihrer Gesellschaft gesehen worden.

Infolgedessen wurde mir eröffnet, daß man mich gegen Hinterlegung von tausend Pfund vorläufig aus der Haft entlassen wolle, daß ich jedoch innerhalb fünf Tagen vor Gericht erscheinen müsse.

Das Merkwürdigste in der ganzen Sache war das spurlose Verschwinden der Baronin. Sie war weder ins Grand Hotel zurückgekehrt, noch hatte jemand in Calais sie nach Paris fahren sehen. Unmittelbar nach der Abfahrt des Dampfers hatte sie den Bahnhof verlassen, doch niemand konnte sagen, wohin sie sich gewandt. Dieser beunruhigende Zustand trat jedoch völlig in den Hintergrund gegenüber der Tatsache, daß ich mich jetzt halbwegs wieder als freier Mann fühlen durfte, und daß auch nicht der geringste Beweis gefunden worden war, der mich in Zusammenhang mit dem Verbrechen hätte bringen können. Ich war deshalb fest überzeugt, bei meinem bevorstehenden Erscheinen vor dem Gerichtshof in ehrenvollster Weise freigesprochen zu werden. Bevor dies jedoch geschah, hatte ich noch eine harte Probe zu bestehen. Die wirklichen Schwierigkeiten für mich begannen erst jetzt.

Die erste Prüfung erwartete mich bei der Totenschau, zu der ich nach meiner Haftentlassung vorgeladen wurde. Zuerst führte man mich in die Leichenkammer, um den Körper des armen Reginald zu identifizieren, was meine Nerven außerordentlich angriff. Ich hatte zwar ein ruhiges Gewissen und brauchte mir eigentlich keine Vorwürfe zu machen – trotzdem, als ich das stille Gesicht vor mir erblickte, das Gesicht eines Jünglings, der mitten aus dem blühenden Leben hinweggerissen worden war, drängte sich mir die Frage auf, ob ich meinen Pflichten als Vormund auch genügend nachgekommen war. Hatte ich mich in meinem Urteil über Reginald doch vielleicht getäuscht? Hatte ich alles getan, ihn von seinen Irrwegen zurückzubringen? Ein qualvoller Zweifel stieg zeitweise in mir auf, und ich war froh, als ich den unheimlichen Ort verlassen konnte.

Vor der Jury als Zeuge aufgerufen, bestätigte ich, daß der Tote mein Vetter und Mündel Reginald Bracebridge sei. Auf welche Weise er ums Leben gekommen war, konnte ich nicht angeben; nur eins schien gewiß, daß er in schlechte Gesellschaft geraten sein mußte und so seinen Tod gefunden hatte. Diese meine Annahme stützte sich auf den anonymen Brief, den ich erhalten hatte und der Jury jetzt vorlegte.

Wer der Absender dieses Briefes gewesen, davon hatte ich keine Ahnung; da es jedoch ersichtlich war, daß der Schreiber ziemlich Genaues über die Lebensweise meines Vetters wußte, so hielt ich es als Vormund für meine Pflicht, sofort nach Paris zu eilen, um ihn, wenn möglich, aus den Klauen der Harpyien, die ihn bedrängten, zu befreien. Ich erzählte dann meine Pariser Erlebnisse und wie ich nach Kenntnisnahme des Telegramms aus Brüssel beschloß, mit dem nächsten Zug nach London zurückzufahren.

„Dies ist die klare und ungeschminkte Darstellung der Tatsachen, soweit sie mir bekannt sind", schloß ich. „Eine andere Auslegung als die gegebene vermag ich nicht zu finden, hoffe aber, es wird der Polizei gelingen, dies mir unergründliche Rätsel zu lösen."

Hier warf einer der Geschworenen die Frage ein, wer durch den Tod meines Vetters materiellen Vorteil erlangen würde, und als ich einräumen mußte, daß ich selbst sein Erbe wäre, bemerkte ich, wie die Mitglieder der Jury die Augenbrauen hochzogen; selbst der Vorsitzende murmelte betroffen: „Ah, wirklich?"

Ich erklärte darauf, daß dies eine Testamentsangelegenheit sei, die mit der vorliegenden Sache nichts zu tun habe, und verließ dann die Zeugenbank, auf der nun Inspektor Walter von Scotland Yard, ein intelligenter junger Mann, erschien. Er bestätigte meine Aussagen nach jeder Seite hin, und zwar in so überraschender Weise, daß ich seine eigenen Worte wiedergeben will.

„Ich hatte Frühdienst in Scotland Yard", sagte er, „als uns gemeldet wurde, es sei am Charing Croß-Bahnhof eine Leiche in einem Koffer gefunden worden. Ich eilte sofort hierher in die Leichenkammer und nahm in Gegenwart des Distriktsarztes eine sorgfältige Untersuchung der Kleider des Toten vor."

„Zeigten dieselben Spuren eines Kampfes?" fragte der Vorsitzende. „Waren sie zerrissen oder in Unordnung?"

„Keineswegs", entgegnete der Inspektor, „alles an ihm war funkelnagelneu. Auch der Körper trug keine Merkmale von Gewalttätigkeit. Man konnte meinen, er sei eben erst von der Tafel aufgestanden und habe sich zum Scherz da hineingelegt. Seltsamerweise jedoch fand sich nichts vor, was seine Identität hätte feststellen können –

– nicht das kleinste Blättchen Papier. Seine Taschen waren so leer wie meine Hände hier. Kein Schmuckgegenstand, keine Uhr, kein Geldstück. Nicht einmal seine Wäsche war gezeichnet. Nur bemerkte ich, daß die Kleidung bis zu den Stiefeln herab französisches Fabrikat zu sein schien. Nachdem ich mir alles notiert hatte, ging ich in die Bow Street, wo ich von den Aussagen des Angeklagten hier hörte. Ich verschaffte mir eine stenographische Aufzeichnung derselben, kehrte damit nach Scotland Yard zurück und erhielt vom Chef die Anweisung, über Calais nach Paris zu fahren.

In Calais hatte ich eine Unterredung mit dem Stationsvorsteher, dessen Angaben mit denen des Angeklagten vollständig übereinstimmten. Es ist richtig, daß vor dem Eintreffen des Pariser Zuges eine an ›Baronin Slavinsky, Reisende im Londoner Expreß‹ adressierte Depesche ankam und nachher von der Dame, die der gemachten Beschreibung entsprach, in Empfang genommen wurde. Auch von diesem Telegramm erhielt ich eine amtliche Abschrift. Der Inspektor reichte dem Vorsitzenden ein Blatt Papier, das dieser wiederholt durchlas und dann kopfschüttelnd den Geschworenen einhändigte.

„Hm!“ bemerkte er. „Das ist französisch und klingt sehr rätselhaft. In der Übersetzung muß es heißen: ›Wieder da – fahre nicht weiter – komm – heimlich – Ursula.‹“

Das war allerdings höchst unverständlich.

„Darf ich mir eine Abschrift davon machen?“ fragte ich den Präsidenten. Es wurde mir bereitwillig gestattet, und ich notierte mir den französischen Wortlaut der Depesche: Retourné – ne vas plus loin – viens – dérobé – Ursule.“

Auch ich vermochte mir den Sinn dieser unzusammenhängenden Worte nicht zu erklären.

„Dies Telegramm“, fuhr der Inspektor fort, „brachte nicht viel Licht in die Sache; es legte nur die Vermutung nahe, daß sie auf vorherige Verabredung nach Paris zurückgekehrt war, die Leiche dem Schicksal überlassend. Bei weiterer Nachforschung stellte es sich aber heraus, daß sie die französische Hauptstadt nicht wieder betreten hatte. Darüber waren alle Eisenbahnbeamten einig. Unmittelbar nach der Abfahrt des Dampfers war sie verschwunden, und obgleich ich mich mit der Polizei in Calais in Verbindung setzte, hat man bis jetzt noch keine Spur von ihr gefunden.

Ich fuhr dann nach Paris weiter, begab mich sofort nach dem Hotel Scribe und verlangte den Direktor zu sprechen.

›Ich möchte mich nach einem Herrn erkundigen‹, sagte ich, als dieser erschien, ›der einige Zeit bei Ihnen gewohnt hat. Es war ein junger Engländer namens Reginald Bracebridge.‹

›Oh‹, fiel mir der Direktor ins Wort, ›vor einigen Tagen kam ein Verwandter von ihm, der ihn durchaus sehen wollte.‹

›Wie hieß derselbe?‹

Er stutzte, weil er nicht wußte, wer ich war; dennoch antwortete er höflich: ›Ich weiß es augenblicklich nicht, will aber nachfragen.‹ Er trat ans Haustelephon, und nach zwei Minuten gab er mir die gewünschte Auskunft. ›Der Herr hieß Frank Bracebridge, wohnhaft Brunswick Square 210 in London‹, berichtete er. ›Er war der Vormund des jungen Mannes, der sich jetzt in Berlin befindet.‹

›O nein‹, widersprach ich, ›dort ist er nicht.‹

Wieder sah er mich verdutzt an. ›Darf ich wissen, mit wem ich das Vergnügen habe?‹ fragte er dann.

Ich nannte ihm meinen Namen, indem ich hinzufügte: ›Die Leiche des jungen Mannes ist in London. Warum sagen Sie, er sei in Berlin?‹

Sichtlich betroffen ging er nochmals ans Telephon. ›Ich werde Ihre Frage gleich beantworten‹, äußerte er, zu mir zurückkehrend. Nach ein paar Minuten brachte ein Buchhalter ein Blatt Papier. Es war eine Depesche. Hier ist sie“, und der Inspektor legte das Telegramm auf den Tisch, das man mir damals auch gezeigt hatte.

Der Präsident las es laut vor, während mir das Herz vor Freude schlug, lieferte doch diese Depesche den vollgültigsten Beweis für meine Unschuld, von der die Jury nun auch völlig überzeugt zu sein schien.

Was der Inspektor noch weiter berichtete, sprach ebenfalls zu meinen Gunsten. Seine Nachforschungen im Grand Hotel stellten unzweifelhaft fest, daß die Baronin Slavinsky mehrere Wochen dort gewohnt hatte und an dem Tage meiner Ankunft in Paris mit einem großen Rohrplattenkoffer nach London abgereist war. Seitdem hatte man sie nicht mehr gesehen.

Soweit stand die gerichtliche Untersuchung äußerst günstig für mich, doch noch wartete meiner eine große Überraschung. Aus verschiedenen Gründen interessierte mich die Aussage des nächsten Zeugen, eines Geldverleihers namens Harris, dessen Büro sich unweit Piccadilly befand.

Er hatte die Leiche ebenfalls besichtigt und in ihr sofort einen Klienten erkannt, dem er mehrere tausend Pfund Sterling vorgeschossen hatte. Der Name dieses Klienten war, so gab er an – Reginald Bracebridge von Twyford Hall in der Grafschaft Suffolk. Da Harris das Testament von Reginalds Vater in Sommerset House gesehen hatte, so wußte er, daß die einfache Unterschrift des jungen Mannes ihm genügende Sicherheit für die geliehenen Summen bot. Den letzten Vorschuß von tausend Pfund hatte er vor zehn Tagen in englischen Banknoten als eingeschriebenen Brief nach dem Hotel Scribe in Paris geschickt.

Der Distriktsarzt, der mit einem bekannten Kollegen zusammen die Sektion der Leiche vorgenommen hatte, gab an, daß es ihm trotz sorgfältigster Untersuchung nicht möglich gewesen sei, mit Sicherheit die Todesursache zu konstatieren. Der Körper des Toten wies keine Spuren von Gewalttätigkeit auf; die inneren Organe befanden sich in vollkommen gesundem Zustand; demnach mußte der Tod infolge einer äußeren Veranlassung eingetreten sein. Gewisse Anzeichen deuteten auf einen Gehirnschlag; wodurch derselbe aber verursacht worden war, ließ sich nicht feststellen. Der Arzt erklärte, daß dieser Fall ein ganz außergewöhnlicher sei, dessen weitere Untersuchung er befürworte.

Seine Aussage wurde von seinem Kollegen in allen Punkten bestätigt, und dann kam die Überraschung – eine noch nie dagewesene – von der ich vorhin sprach.

Der Arzt hatte noch nicht die Zeugenbank verlassen, als ich meinen Bürovorsteher Barker bemerkte, der sich einen Weg durch die Menge bahnte und rasch auf mich zukam. Ohne ein Wort zu reden, reichte er mir ein offenes Kuvert. Ich nahm das darin enthaltene Blatt heraus und las nun in höchster Verblüffung das nachstehende, aus Brüssel datierte Telegramm:

„Bracebridge. Brunswick Square 210. London.

Junger Mann, namens Reginald Bracebridge, starb hier heute früh infolge eines Automobilunfalles. Ihr Name und Adresse bei ihm gefunden. Ebenso Juwelen und große Geldsumme. Können Sie sofort kommen? Leiche wird achtundvierzig Stunden aufbewahrt.

Dr. Regnault, Hospital St. Jean. Brüssel.“

4.

Die mehr als überraschende Depesche aus Brüssel versetzte mir geradezu den Atem. Ich mußte sie zwei-, dreimal lesen und begriff doch nicht, was sie bedeutete. An der Echtheit des Telegramms war nicht zu zweifeln; dennoch erschien der Gedanke, daß zwei tote Reginald Bracebridges ihres Begräbnisses harrten, einfach grotesk.

Die seltsamsten Vorstellungen wirbelten mir durch den Kopf und betäubten mich derart, daß erst die Stimme meines Bürovorstehers mir zum Bewußtsein brachte, wie nötig es war, angesichts der eingetretenen Wendung der Dinge einen raschen Entschluß zu fassen.

„Soll ich ein Telegramm nach Brüssel schicken?“ fragte mich mein Untergebener.

„Nein, Barker“, entgegnete ich, mich gewaltsam fassend, „das werde ich selbst besorgen. Setzen Sie sich – ich werde Ihrer wahrscheinlich noch bedürfen.“

Als dann der letzte Zeuge abgetreten war, erhob ich mich.

„Herr Präsident“, sagte ich zu dem Vorsitzenden, „ich habe eine höchst merkwürdige und überraschende Nachricht in Gestalt einer Depesche aus Brüssel erhalten. Ihrem Ermessen überlasse ich es, ob dieselbe, wie die Verhandlung jetzt steht, zur öffentlichen Kenntnis gebracht werden soll oder nicht. Da die heutige Sitzung in Rücksicht auf den ärztlichen Ausspruch bis zur nächsten Woche vertagt wird, so möchte ich Ihnen bemerken, daß ich in dieser Zeit reichlich Gelegenheit haben werde, den erstaunlichen Inhalt dieses Telegramms auf seine Richtigkeit zu prüfen.“

Mit diesen Worten reichte ich ihm das mysteriöse Blatt. Auch er schien aufs höchste überrascht zu sein, und es dauerte eine volle Minute, bevor er sich zu mir wandte.

„Die Sache wird immer verwickelter“, sagte er. „In betreff der Identität des Verstorbenen hatten wir in Herrn Harris einen völlig unbefangenen Zeugen, so daß ich in dieser Hinsicht keinen Zweifel hegte.“

„Ich auch nicht“, stimmte ich bei. „Selbst jetzt bin ich noch von der Identität meines Vetters überzeugt; angesichts dieses Telegramms möchte ich, als der Hauptbeteiligte, jedoch höflichst bitten, daß noch ein weiterer Zeuge – mein Buchhalter, Herr Barker, der mir diese Depesche gebracht hat – vernommen wird. Er ist häufig mit dem Verstorbenen zusammengetroffen, würde sich also schwerlich in der Persönlichkeit desselben irren.“

Der Präsident ging bereitwillig auf meinen Vorschlag ein. Barker wurde in die nahegelegene Leichenkammer geführt, um den Toten zu besichtigen, währenddessen herrschte im Gerichtssaal die äußerste Spannung, da jedermann eine sensationelle Entwicklung der Dinge erwartete.

Nach seiner Rückkehr beschwor Barker in entschiedenster Weise, daß der Tote kein anderer sei als Reginald Bracebridge, worauf der Präsident, der beschloß, den Inhalt der Depesche im Interesse des Prozesses vorläufig noch geheimzuhalten, die Sitzung aufhob und bis zur folgenden Woche vertagte.

Da der Vorsitzende zufällig ein Bekannter von mir war, so wartete ich ab, bis sich der Saal geleert hatte, gesellte mich dann zu ihm und begleitete ihn ein Stück Wegs.

„Verteufelt geheimnisvolle Geschichte das!" sagte er, als wir gemächlich den Strand hinuntergingen. „Was halten Sie davon?"

„Was ich davon halte?" lautete meine Antwort. „Ich weiß es selbst nicht. Außer mir haben zwei Zeugen die Identität des Toten beschworen, und noch vor einer halben Stunde hätte ich mein Leben dagegen verwettet, daß unsere Annahme stimmt, aber jetzt ist mir doch unheimlich zumute. Ist es denn menschenmöglich, daß wir drei uns geirrt haben könnten? Der Gedanke erscheint geradezu lächerlich und doch – – – hol der Kuckuck den Burschen! Das klingt brutal – ich weiß – allein, wenn Sie eine Ahnung hätten, wieviel Ärger er mir zu seinen Lebzeiten bereitet hat, so würden Sie mich verstehen. Und nun er tot ist, sind die Verdrießlichkeiten seinetwegen – um keinen stärkeren Ausdruck zu gebrauchen – noch zehnfach ärger. Bedenken Sie nur, daß ich zwei Tage unter dem Verdacht, ein Mörder zu sein, im Gefängnis zubringen mußte!"

„Allerdings sehr unangenehm", gestand mein Begleiter zu. „Die Behörde konnte jedoch nicht anders handeln. Bei Ihrer Ankunft in Charing Croß war die Leiche in Ihrem Besitz, und die Erklärung, die Sie dafür gaben, klang doch zum mindesten recht sonderbar."

„Zum Kuckuck!" fuhr ich ungeduldig auf, „wenn's auch sonderbar klang, ich erklärte die Sache, so gut ich konnte. Ist es etwa Mode, daß man mit toten Verwandten im Koffer herumreist? Und was würde der Zollbeamte gesagt haben, wenn ich auf seine Frage, ob ich etwas zu deklarieren hätte, mit der Gegenfrage gekommen wäre, ob und wie hoch man tote Vettern zu verzollen habe?"

Der Gerichtsherr lachte. „Er hätte Sie vielleicht an das Amtsgericht in Sommerset House verwiesen, wahrscheinlicher jedoch Sie als Irrsinnigen betrachtet und in Gewahrsam nehmen lassen."

„Ganz sicher", nickte ich, „und mit vollem Recht. Wäre ich wirklich Mitwisser in dieser Sache, so hätte ich doch nur den Gepäckschein zu zerreißen und den Bahnhof zu verlassen brauchen, mochten dann die Beamten mit der Leiche machen, was sie wollten."

„Ganz recht", gab der Präsident zu. „Schade, daß Sie es nicht taten."

„Aber eben, weil ich es nicht getan habe", fuhr ich fort, „konnte doch jedes Kind darin einen Beweis meiner Unschuld sehen. Hätte ich mich still davongemacht, würden die polizeilichen Erhebungen bald genug festgestellt haben, daß eine Frau den Koffer in Paris aufgegeben hatte. Mein Name wäre nie auch nur für einen Augenblick mit der Geschichte in Verbindung gebracht worden, wenn ich den unseligen Kasten nicht deklariert hätte. Weiß der Himmel, ob mein Bild nicht gar noch ins Polizeiblatt kommt. Ärgerlich genug bleibt's jedenfalls, daß ich zwei Tage in Haft war und auch jetzt nur gegen hohe Kaution freigelassen worden bin mit der Verpflichtung, nächste Woche wieder vor Gericht zu erscheinen. Doch ein hartes Geschick!"

„Ein sehr hartes Mißgeschick!" bestätigte mein Begleiter. „Allein damit endet auch Ihre Prüfung, und zur Entschädigung für den ausgestandenen Verdruß fällt Ihnen ein gewaltiges Vermögen in den Schoß. Hörte, es soll eine Million betragen."

„Was kauf' ich mir dafür?" rief ich hitzig aus. „Die Leute werden doch ihre weisen Häupter schütteln und sagen: ›Nu – ja, er ist mit blauem Auge davongekommen, aber – dunkel und geheimnisvoll bleibt die Geschichte doch.‹ Das werde ich in allen möglichen Variationen bis an mein Lebensende hören müssen, und die Leute auf der Straße werden auf mich deuten als auf einen Mann, der durch reinen Zufall dem Galgen entronnen ist. Glauben Sie mir – so wird's geschehen."

„Nein, nein", widersprach der Präsident, „Sie fassen die Sache viel zu ernst auf."

„O nein“, beharrte ich. „Das wird so bleiben, wenn nicht eines Tages mein Vetter in meinem Büro auftaucht und mich leichthin um einen Vorschuß von ein- oder zweitausend Pfund ersucht. Ich habe noch nie gehört“, fügte ich ironisch hinzu, „daß ein Mensch zwei Körper hat, und wer weiß, ob der wirkliche Reginald Bracebridge nicht noch am Leben ist und sich irgendwo auf Gottes Erdboden herumtreibt. Mich würde das durchaus nicht wundern. Aber – wie ist's mit meiner Fahrt nach Brüssel? Ich muß dem Direktor des Hospitals doch antworten. Ist es mir denn gestattet, auf eigene Rechnung hinzugehen?“

„Ich habe eben darüber nachgedacht“, erhielt ich zur Antwort. „Wäre vielleicht besser, wir sprächen in Scotland Yard vor und zeigen auf jeden Fall die Depesche. Man wird Ihnen sicher einen Beamten – wahrscheinlich den Inspektor Walter – mitgeben. Sie haben doch nichts dagegen einzuwenden?“

„Nicht das geringste“, versicherte ich. „Im Gegenteil, es wird mir sehr recht sein.“

„Nun, dann kommen Sie mit mir.“

Er rief ein Auto an, und zehn Minuten später befanden wir uns in Scotland Yard.

Das Ergebnis dieses Besuches war, daß man mir erlaubte, nach Brüssel zu telegraphieren und daß Inspektor Walter beauftragt wurde, mich dorthin zu begleiten.

Nachdem ich mich mit letzterem verabredet hatte, ihn abends am Charing Croß Bahnhof zu treffen, sandte ich ein Telegramm an den Direktor des Hospitals St. Jean, worin ich ihm meldete, daß ich London mit dem Neunuhr-Schnellzug verlassen würde. Zehn Minuten später betrat ich die eleganten Räume des Herrn Harris, bekannt als der erste Geldverleiher des Westens. Nach Vorweisung meiner Karte führte man mich in sein Privatbüro, wo er mich mit einschmeichelnder Höflichkeit empfing und zu einem Sitz geleitete.

„Freut mich, Sie zu sehen, Herr Bracebridge“, sagte er, sich vor seinem Schreibtisch niederlassend. „Traurige Geschichte das!“

„Sehr traurig!“ nickte ich.

„Für uns alle!“ ergänzte er. „Vor allem für den armen Jungen, dann für Sie, wegen der vielen Scherereien, und schließlich auch für mich, weil ich einen so ausgezeichneten Klienten verloren habe.“

„Das glaube ich gern. Er steht wohl mit einem hohen Schuldkonto in Ihren Büchern. Ich vermute – –“

„Wünschte, sein Konto wäre noch höher gewesen“, unterbrach mich Harris. „Er hatte noch drei Jahre vor sich.“

„Ganz recht“, wehrte ich ab. „Später werde ich auf das Geschäftliche zurückkommen; für den Augenblick bin ich zu ermüdet, um mich damit zu befassen. Da ich heute abend nach Paris fahre, so würde ich Ihnen sehr dankbar sein, wenn Sie mir freundlichst die Nummern der Banknoten geben wollten, die Sie meinem Vetter kürzlich dorthin ins Hotel Scribe geschickt haben.“

„Mit dem größten Vergnügen“, entgegnete Harris, indem er ein Blatt Papier aus einem Fach seines Schreibtisches nahm. „Hier ist die Liste. Die Nummern sind alle aufeinanderfolgend und die Bankscheine waren auf besonderen Wunsch lauter Fünfzigpfundnoten. Einige derselben dürfte man jetzt wohl aufgespürt haben, vielleicht sind sie auch schon alle weggeschafft worden. Die Bank hätte längst benachrichtigt werden sollen. Wie ist's, hat man die Totenschau aufgeschoben?“

„Ja, bis zur nächsten Woche“, erwiderte ich, mich erinnernd, daß er den Gerichtshof verlassen hatte, bevor ich die Depesche aus Brüssel erhielt. „Die Ärzte sind noch nicht ganz einig über die Todesursache und wollen die Leiche nochmals untersuchen.“

„Wirklich?“ rief er überrascht aus. „Das habe ich nicht mehr gehört, denn ich mußte zu einer geschäftlichen Rücksprache. Glauben Sie, daß die Frau in Paris es getan hat?“

„Ich besitze gar kein Urteil darüber“, wich ich seiner Frage aus.

„Ein schlaues Pflänzchen muß das gewesen sein“, bemerkte er, mit den Augen zwinkernd. „Ich hätte selbst hereinfallen können. Wahrscheinlich eine hübsche Frau. Sind doch wahre Teufelchen, die Weiber! wenigstens einige von ihnen – bringen uns immer in Ungelegenheiten.“

„Sehr wahr!“ stimmte ich bei, indem ich mich erhob. „Sie senden mir wohl demnächst Ihren Rechnungsbericht.“

„Hat keine Eile, mein Herr“, entgegnete er, sich ebenfalls erhebend. „Gar keine Eile. Weiß ja – das Geld ist so sicher wie in der Bank. Wenn die Sache geordnet sein wird und Sie wieder Ruhe haben, werden Sie sich gewiß meiner erinnern.“

„Ganz recht; das will ich tun. Adieu, Herr Harris!“

„Adieu, Herr Bracebridge! Ich hoffe, Sie finden eine Spur in Paris.“

„Werde mein Möglichstes versuchen“, erwiderte ich, mich rasch verabschiedend.

Ich eilte nun in meine Wohnung, die ich drei Tage nicht betreten hatte, packte einige Sachen, denen ich eine ausgezeichnete Photographie Reginalds beifügte, in einen Handkoffer, fuhr dann nach meinem Büro am Brunswick Square und verblieb dort den Nachmittag, um verschiedene Geschäfte zu erledigen.

Kurz vor neun Uhr betrat ich den Charing Croß Bahnhof. „Ah, da sind Sie ja!“ rief mir Inspektor Walter entgegen, als ich mir eben ein Billett löste. „Gerade noch rechtzeitig, einen Whisky zu trinken, ehe wir abfahren. Nicht?“

5.

Die Sonne brannte schon heiß herab, als wir am folgenden Morgen um sechs Uhr aus dem Nordbahnhof in Brüssel traten, um ein Kaffeehaus zu betreten, wo wir frühstücken konnten.

Ein solches war bald gefunden, und von dem gesprächigen Kellner erfuhren wir ohne Mühe Näheres über den Unfall des geheimnisvollen jungen Mannes, dessen Leiche ich besichtigen sollte. Das Unglück hatte sich keine hundert Meter von dem Ort, an dem wir uns befanden, zugetragen. Der Verstorbene war, als er eben vom Boulevard du Nord in den Platz einbog, einem Automobil, das von der Rue Neuve her scharf um die Ecke fuhr, zu nahegekommen. Ob er augenblicklich verwirrt gewesen oder das Winken des Chauffeurs mißverstanden hatte, blieb unaufgeklärt. Jedenfalls geriet er gerade vor den Wagen, der ihn niederwarf und überfuhr.

So berichtete der Kellner, der Augenzeuge des Unglücks gewesen war. „Jawohl, meine Herren", schloß er, „ich habe es selbst gesehen und stand dabei, als man den Ärmsten nach dem Hospital da drüben" – er wies aus ein mächtiges graues Gebäude, jenseits des Platzes am Ende des Boulevard – „transportierte. Gestern fand die gerichtliche Untersuchung statt, der Chauffeur wurde aber freigesprochen, da ihn keine Schuld traf. Vielleicht möchten die Herren den Zeitungsbericht lesen?" Und diensteifrig brachte er uns ein Exemplar der „Indépendance Belge", mit dem Finger auf den betreffenden Artikel deutend.

Diese meldete den Unfall eines jungen Engländers, namens Reginald Bracebridge, der seit einigen Tagen im Grand Hotel wohnte. Es folgte dann eine genaue Beschreibung des unglücklichen Ereignisses sowie die Anmerkung, man habe eine beträchtige Summe Geldes bei dem Verunglückten gefunden und seine Verwandten in England benachrichtigt.

Der letztere Satz brachte mich plötzlich zum vollen Bewußtsein meiner Lage, die ich bisher gar nicht so ernst ins Auge gefaßt hatte, Inspektor Walter, wie mir schien, ebenfalls nicht. Doch hier in den Spalten eines angesehenen Brüsseler Blattes waren gewisse bestimmte Angaben gemacht worden, die ich unbedingt widerlegen mußte. Unterließ ich es, so konnte ich mich auf meiner Rückreise nach London im Besitz einer zweiten Leiche in nette Verwicklungen bringen. Das waren aber schließlich Mutmaßungen, über die ich selbst lachte.

Nach beendigtem Frühstück zahlte ich und sah auf die Uhr. „Ist wohl noch zu früh, ins Hospital zu gehen?" bemerkte ich zu meinem Gefährten.

„Wollen wir einen Gang über die Boulevards machen und im Vorbeigehen das Grand Hotel aufsuchen?“

„Das könnten wir tun“, nickte Inspektor Walter, nach seinem Hut greifend.

Eine Viertelstunde später betraten wir das Grand Hotel. Ich erklärte dem Portier, ich sei soeben von London herübergekommen, um mich nach einem Herrn Bracebridge zu erkundigen.

„Der vor zwei Tagen durch einen Automobilunfall Verunglückte?“ fragte der Mann.

Ich bejahte.

„Leider kann ich Ihnen nur wenig Auskunft geben“, bedauerte er. „Der Herr kam am Einundzwanzigsten nachmittags von Paris hier an. Zwei Tage später wurde er von einem Auto überfahren, und seine Leiche befindet sich im Hospital St. Jean. Es hieß, man habe seine Verwandten in England benachrichtigt.“

„Jedenfalls“, entgegnete ich, „das heißt, wenn seine Identität zweifellos festgestellt worden war.“

„Gewiß“, versicherte der Mann mit halbem Lächeln. „Das ist ja die Hauptsache.“

Warum ich auf einmal so nervös wurde, weiß ich nicht, aber ich empfand eine merkliche Beklommenheit, als ich die Frage stellte, ob der Verstorbene seinen Namen und seine Adresse ins Fremdenbuch eingetragen habe.

„Selbstredend. Möchten Sie es sehen?“

„Ja.“

Im nächsten Augenblick lag das offene Buch vor mir. Was ich da sah, machte mich geradezu schwindlig. Da stand es deutlich in Reginalds eigener Handschrift:

Reginald Bracebridge,
Twyford Hall. Suffolk. England.

Das war in der Tat eine Bombenüberraschung!

„Gütiger Himmel!“ wandte ich mich zu dem Inspektor. „Was soll das nun bedeuten? Der Junge selbst hat das geschrieben – darauf könnte ich schwören.“

„Dann sitzen Sie ja gewaltig in der Klemme“, bemerkte er, „nach dem, was Sie in London beschworen haben.“

„Allerdings. Mir steht der Verstand still. Puh. ich fühle den Schweiß aus meiner Stirn – aber sicher nicht von der Hitze. Doch halt! Das wird die Sache aufklären!“ Und einer plötzlichen Eingebung folgend, zog ich Reginalds Porträt hervor.

Der Portier erkannte es sofort. „Ah, der arme junge Mann!“ murmelte er.

„Ist das Herr Bracebridge?“ fragte ich ihn.

„Es ist eine ausgezeichnete Photographie von ihm“, erwiderte er ohne Zögern.

Nun war ich so klug wie zuvor, und da der Mann mir keine weitere Auskunft zu geben vermochte, so verabschiedete ich mich und sagte, daß ich später noch einmal wiederkommen wollte.

Es schlug gerade acht Uhr, als ich am Hospitaltor klingelte. Der Portier nahm meine Karte in Empfang und führte mich alsdann zu dem Direktor. Diesem stellte ich den Inspektor als „meinen Freund, Herrn Walter“ vor, worauf er uns einlud, Platz zu nehmen.

„Freut mich, Sie hier zu sehen, Herr Bracebridge“, sagte er höflich. „Wir fanden Ihre Adresse unter dem Gepäck des Verstorbenen.“

„Hat er sie Ihnen nicht selbst mitgeteilt?“ fragte ich.

„O nein. Nach dem Unfall hat er die Besinnung nicht wiedererlangt; wir erfuhren aber bald, wer er war, und da wir, wie gesagt, Ihre Adresse bei ihm fanden, so hielten wir es für das Richtigste, Sie gleich zu benachrichtigen. Die Ähnlichkeit dieses etwas außergewöhnlichen Namens ließ mich vermuten, daß Sie miteinander verwandt seien.“

Ich nickte bejahend, und er fuhr fort: „Eine rasche Identifizierung war dringend geboten, weil er eine bedeutende Summe Geldes bei sich trug, die wir natürlich der Polizei in Verwahrung geben mußten. Es war daher mehr als bloße Höflichkeit, daß wir Ihnen sofort telegraphierten."

Ich dankte ihm für seine freundliche Bemühung, obgleich ich dunkel fühlte, daß mich dieselbe noch in große Verlegenheit bringen würde.

„Und nun", schloß der Direktor, „wäre es vielleicht gut, bevor wir die Leiche besichtigen, wenn Sie seine Effekten durchsetzen wollten."

Damit war ich einverstanden, und nach wenigen Minuten legte ein Hospitalbeamter verschiedene Gegenstände vor uns auf den Tisch. Unter ihnen befand sich auch Reginalds Repetieruhr mit eigenartiger Mechanik, die ich gleich so richtig handhabte, daß der Direktor befriedigt lächelnd die Bemerkung machte: „Ich sehe, Sie kennen die Uhr genau."

Außer einigen kostbaren Schlipsnadeln war noch eine Zigarettentasche, die Reginalds Monogramm in Diamanten zeigte, vorhanden, wodurch jeder Zweifel gehoben wurde. In der Brieftasche lagen noch achtzehn 50-Pfundnoten, deren Nummern wir mit der von Herrn Harris gegebenen Liste verglichen.

„Sie stimmen genau", bestätigte der Direktor, nachdem er sie verglichen hatte, „nur zwei Scheine fehlen. Demnach scheint alles in Richtigkeit zu sein." Für ihn – ja, aber nicht für mich, denn was ich nun sah oder berührte, verwickelte die Sache immer mehr. Was mich jedoch am meisten überraschte, war ein geschlossener Brief in Reginalds Handschrift an – meine Adresse.

„Ah ja!" nickte der Direktor, als ich das Schreiben in die Hand nahm. „Durch diesen Brief erfuhren wir, wo Sie wohnten."

„Sie gestatten wohl, daß ich ihn lese?" fragte ich.

„Selbstverständlich. Er ist ja an Sie gerichtet."

Der Bogen trug den Stempel des Hotel Scribe in Paris; das Datum war der 20. Juli, der Tag vor meiner Ankunft in der Seinestadt, und der Inhalt lautete folgendermaßen:

„Lieber Frank! Ich sitze furchtbar in der Klemme und gestehe gleich von vornherein, daß ich kolossale Dummheiten gemacht habe und daß es unter der Sonne keinen größeren Esel gibt wie mich. Natürlich wirst Du die Achseln zucken und sagen: ›Das stimmt!‹ Mit vollem Recht. Ich versichere Dir aber ehrlich – einerlei, ob Du's glaubst oder nicht – daß ich, wenn ich mit heiler Haut aus dieser Klemme herauskomme, mit der Vergangenheit abschließen und ein neues Leben beginnen werde. Ich denke eine kleine Nordpolfahrt oder dergleichen wäre ein guter Anfang zu einer besseren Lebensweise.

Du wirst wahrscheinlich annehmen, daß eine Frau die Ursache meiner Verlegenheiten ist; dennoch irrst Du Dich, wenn Du daraus die üblichen Schlußfolgerungen ziehst. Ich habe mich ordentlich ausgetobt und bin – das gestehe ich beschämt ein – ein sehr lockerer Vogel gewesen; seit kurzem jedoch habe ich zum erstenmal eine echte, tiefe Leidenschaft zu einem Weibe gefaßt.

Ich sah die Herrliche eines Tages in Paris. Sie war entzückend schön und unsere Blicke begegneten sich, als sie in ihrem Wagen an mir vorüberfuhr. Ich verlor vollständig den Kopf und ging ihr nach. Sie verschwand im Grand Hotel. Ich zog Erkundigungen über sie ein und erfuhr, sie sei eine Baronin Slavinsky – dem Vernehmen nach Witwe.

Vergebens bemühte ich mich, bei ihr eingeführt zu werden. Keiner meiner Bekannten konnte mir dazu verhelfen, denn sie führte ein sehr zurückgezogenes Leben. In meiner Leidenschaft schrieb ich an sie und erklärte ihr meine Liebe – eine Liebe auf den ersten Blick. Sie sandte mir den Brief ohne eine Bemerkung zurück.

Um sie zu zwingen mich zu beachten, lauerte ich ihr überall aus, so daß sie schließlich einwilligte, mich zu empfangen. Bei dieser Zusammenkunft wies sie mich aber in einer Weise zurecht, die jeden Mann ernüchtert hätte. Sie war allerdings sehr freundlich – behandelte mich aber wie einen törichten Schulknaben. In ganz schwesterlicher Weise ermahnte sie mich, sagte mir, sie sei verheiratet und stellte mir vor, daß meine

Zudringlichkeit sie nicht nur belästige, sondern sie auch ernstlich kompromittieren könne.

Ich versprach, sie künftig unbehelligt zu lassen, war aber zu verliebt, um mein Wort zu halten. Binnen vierundzwanzig Stunden versuchte ich wieder, sie zu sehen und von der Zeit an durchstreifte ich beständig die Korridore des Grand Hotel.

Daß ich sie in gewisser Hinsicht kompromittiert habe, unterliegt keinem Zweifel, denn vor einer Stunde erfuhr ich, daß ihr Gatte – ein schrecklicher Russe – in Paris sei und die ganze Stadt nach ihr durchsuche. Weshalb er so schrecklich sein soll, verstehe ich nicht recht, denn ich höre, er sähe mir sehr ähnlich. Vorläufig mache ich mal einen Sprung nach Brüssel hinüber. Sollte sich etwas Ernstes ereignen, schreibe ich Dir von dort aus. Jedenfalls ist es besser, Dich auf alle Eventualitäten vorzubereiten.

Was ich doch für ein Tor gewesen bin! Aber wirklich, Frank, ich möchte jetzt ganz ernstlich ein neues Leben anfangen und ein nützliches Glied der menschlichen Gesellschaft werden. Wenn wir uns je wiedersehen, mußt Du mir in meinem Bemühen nach Kräften beistehen!

Dein aufrichtig ergebener
Reggie."

Da dieser Brief ein ganz neues Licht auf die Sache warf, so war es vorauszusehen, daß mir noch weitere Verlegenheiten bevorstanden.

Als ich aufschaute, begegnete ich dem fragenden Blick des Direktors.

„Ist das Schreiben auch eine Bestätigung?" forschte er.

Ich konnte nur bejahend nicken.

„Dann ist's ja gut", meinte er sichtlich erfreut. „Was nun noch übrigbleibt, ist gegenüber solch vollgültigen Beweisen nur eine reine Formalität – für Sie, Herr Bracebridge, allerdings eine schmerzliche. Wollen Sie mir gefälligst folgen?"

Mein Herz schlug höher, als wir durch mehrere Gänge und über verschiedene Treppen in eine Art Gruft hinabstiegen. Hier winkte der Direktor einem Wärter, der uns zu einer Totenbahre geleitete, auf der eine leblose Gestalt lag. Als er das Tuch wegnahm, mit dem das Gesicht bedeckt war, sah ich – – ich weiß nicht, wen.

6.

Der Tote, der vor mir lag, konnte wohl Reginald sein – er sah ihm wenigstens sehr ähnlich. Aber das Gesicht war stark entstellt und das Haar an der schrecklichen Schädelwunde weggeschnitten, wodurch die Kopfform verändert erschien.

Wieder fühlte ich den forschenden Blick des Direktors auf mir ruhen. „Nun?" fragte er.

„Nun?" wiederholte Inspektor Walter.

Ich wandte mich zuerst zu diesem. „Was meinen Sie?" fragte ich ihn.

Er zuckte die Achseln. „Weiß nicht – gebe es auch auf. Abgesehen von dem Loch an der Schläfe, sieht er genau aus wie der andere."

„Ich bin einigermaßen in Verlegenheit", wandte ich mich jetzt zu dem Direktor. „Der Tote da hat ja große Ähnlichkeit mit meinem Vetter, aber – ich weiß nicht recht – vielleicht ist die Entstellung schuld."

„Ganz gewiß. Urteilen Sie also ruhig nach dem allgemeinen Eindruck."

Ich reichte Inspektor Walter den Brief, den Reginald mir geschrieben und während er ihn las, betrachtete ich den Toten noch einmal mit prüfenden Blicken. Je länger ich dies tat, je mehr schien die Ähnlichkeit hervorzutreten. Trotz der Entstellung mußte er es sein. Alles deutete ja darauf hin. Es war klar, daß ich in London einen schrecklichen Irrtum begangen hatte. Warum aber ich nicht allein, sondern auch der Geldverleiher Harris und mein Bürovorsteher?

Wohl nie zuvor hat sich jemand in einem solchen Dilemma befunden wie ich zu jener Zeit. Die Situation war nicht nur eine ungewöhnliche, sie hatte sich auch aufs äußerste zugespitzt, denn ich mußte jetzt ohne Säumen nach der einen oder anderen Seite hin eine Entscheidung treffen.

„Sie scheinen zu zögern“, bemerkte der Direktor, der mich ungeduldig beobachtete. „Hegen Sie etwa Zweifel betreffs der Persönlichkeit des Toten?“

Dieser direkten Frage konnte ich nicht ausweichen. Bevor ich jedoch antwortete, gab mir Walter den Brief mit den halblaut gesprochenen Worten zurück: „Wunderliche Geschichte! Jedenfalls aber dürfen Sie auf den Toten und seine Hinterlassenschaft Anspruch erheben. Tun Sie es ja. Ich werde Sie dabei unterstützen.“

Dadurch ermutigt, beeilte ich mich dem Direktor zu entgegen: „Ich bin durchaus nicht im Zweifel, jedoch – –“ Doch schon unterbrach er mich mit sichtlichem Aufatmen: „Gut, gut. Es sind dann nur noch einige gesetzliche Formalitäten zu erledigen, eine Erklärung aus der englischen Botschaft und bei dem Polizeipräfekten zu unterzeichnen. Alsdann werde ich Ihnen die Leiche sowie das Eigentum des Verstorbenen ausliefern.“

Ob ich mich durch meine Entscheidung in neue Schwierigkeiten gestürzt hatte, wußte nur der Himmel, immerhin war ich froh, in dem scharfsinnigen Inspektor Walter einen so gewichtigen Bundesgenossen zu besitzen.

„Um Ihnen jede Mühe zu sparen“, bemerkte der Direktor dienstbeflissen, „werde ich dafür sorgen, daß die Leiche für die Überführung nach England eingesargt wird. Die Kosten werden nicht bedeutend sein.“

Ich dankte ihm für seine Freundlichkeit und fügte hinzu: „Ich beabsichtige, dem Herrn, der dem Verstorbenen die Banknoten schickte, zu telegraphieren, damit er noch heute hierherkommt. Es wäre mir lieb, wenn auch er den Toten besichtigen würde.“

„Ganz recht!“ nickte der Direktor, „obgleich es eigentlich unnötig ist. Aber handeln Sie völlig nach Wunsch.“

Fünf Minuten später standen wir wieder auf dem erstickend heißen Boulevard.

„Nun, Herr Inspektor“, machte ich mir Luft, „was halten Sie von dieser Geschichte?“

„Eine verzwickt harte Nuß!“ gab er zurück. „Mein' aber, Sie haben das Richtige getan. Scheint mir diesmal kein Irrtum möglich. Gute Idee von Ihnen, den Geldverleiher noch zuzuziehen! Wenn der unsere Ansicht bestätigt, dann sind wir aus dem Dilemma heraus und brauchen keine unangenehmen Verwicklungen zu befürchten. Wie steht es aber mit dieser Baronin? Doch merkwürdig, wie sie mit in die Geschichte hineingeraten ist! Wer mag nun der andere sein und auf welche Weise gelangte er in ihren Rohrplattenkoffer?“

„Das weiß der Himmel!“ brummte ich. „Mir ist nur so viel klar, daß mein armer Verstand dabei flöten geht. Sehen Sie noch keine grauen Haare aus meinem Kopf?“

Walter lachte. „Bis jetzt noch nicht. Wollen das Rätsel schon lösen, wenn wir erst die schöne Baronin erwischt und bewogen haben, die Sache aufzuklären.“

„Hoffentlich wird es gelingen“, nickte ich. „Inzwischen können wir zur Post fahren und an Harris telegraphieren.“

Nachdem wir dies besorgt und auch gleich die Rückantwort bezahlt hatten, lenkten wir unsere Schritte dem Grand Hotel zu.

„Nun?“ fragte der Portier, als wir das Vestibül betraten.

„Sie waren wohl im Hospital?“

„Ja“, entgegnete ich, „um die Leiche zu besichtigen. Wir werden hier übernachten. Reservieren Sie uns gefälligst zwei Zimmer. Vielleicht brauchen wir noch ein drittes. Könnten wir jetzt das Gepäck des Herrn Bracebridge in Augenschein nehmen?“

„Er brachte nur sehr wenig mit“, lautete die Antwort.

„Desto schneller werden wir mit der Durchsicht fertig sein“, bemerkte ich, und dann folgten wir dem Kellner, der uns in das obere Stockwerk führte, wo er eine Tür aufschloß und uns eintreten ließ.

„Wir haben nichts angerührt, seit der junge Herr das Zimmer verließ“, sagte er dabei.

Wie der Portier erklärt hatte, war nicht sehr viel zu besichtigen. Einige Toilettengegenstände und eine kleine Reisetasche, in der sich etwas Wäsche befand – weiter nichts. Mir war dies ganz begreiflich, da Reginald laut des Telegramms sein Gepäck im Hotel Scribe in Paris gelassen. Wahrscheinlich hatte er aus dem Wege zur Bahn einige hastige Einkäufe des Notwendigsten gemacht. Inspektor Walter stimmte meiner Ansicht bei; wir waren beide überzeugt, daß in London ein bedauerlicher Irrtum geschehen war und wir uns endlich auf der richtigen Spur befanden.

Nun wanderten wir zum Polizeipräfekten und dann nach der englischen Botschaft. Da alle Schwierigkeiten leicht behoben und alle Formalitäten rasch erledigt waren, so sah ich mich bereits nach wenigen Stunden gesetzlich ermächtigt, von den sterblichen Überresten und der Hinterlassenschaft meines Vetters Besitz zu ergreifen.

Auf dem Rückweg fanden wir in der Post das erwartete Telegramm von Harris. Es lautete kurz:

„Verstehe nicht, komme aber doch. Bitte mich heute abend an der Bahn abzuholen.“

„Na, da wären wir ja ein gutes Stück weiter“, nickte ich zufrieden. „Ist mir doch eine Beruhigung, daß er kommt. Wollen gleich ein Zimmer für ihn bestellen, und dann können wir wohl den Rest des Tages etwas angenehmer verbringen.“

Im Hotel machte uns der Buchhalter noch eine Mitteilung. „Ah, meine Herren“, sagte er, „ich hatte es ganz vergessen – Herr Bracebridge erwartete mit großer Ungeduld ein Telegramm aus Berlin. Mehr als ein dutzendmal erkundigte er sich bei mir, ob es noch nicht eingetroffen sei.

Wenn dasselbe nach Ihrer Abreise kommen sollte, wünschen Sie, daß ich es Ihnen nachsende?“

„Das wäre mir sehr angenehm“, erwiderte ich, ihm meine Adresse gebend.

Als wir wieder auf den Boulevards standen, deren heißer Asphalt unter den glühenden Sonnenstrahlen langsam zu schmelzen begann, fragte der Inspektor in scherzendem Ton: „Wie denken Sie darüber, wenn wir uns im Schatten des Café Continental unter einem Zeltdache niederließen und uns mit einem kühlen Trunk erfrischten?“

„Bin ganz einverstanden“, stimmte ich bei. „Und ein gutes zweites Frühstück. Das erste war zu unbehaglich. Dieses wollen wir mit einer Flasche Monopol Trocken einleiten. Offengestanden, ich bin durstig, wie – –“

„Ich auch“, fiel Walter lachend ein. „Glücklicherweise sind wir schon am Ziel!“ Und er deutete auf ein palastähnliches Gebäude auf der anderen Seite der Straße.

Nach Verlauf einer Viertelstunde saßen wir gemütlich an einem der kleinen Marmortische, ließen uns den eisgekühlten Champagner schmecken und rauchten mit Behagen eine Zigarette.

„Nun“, fragte ich, das Gespräch wieder auf meine Angelegenheit lenkend, „was halten Sie von dem Brief?“

„Ihres Vetters?“

„Ja.“

„Ich weiß es nicht. Es ist jetzt auch viel zu heiß, um darüber nachzudenken.“

„Sie haben sich aber sicher schon ein Urteil gebildet.“

Walter sah mich von der Seite an. „Hm – vielleicht – –“ dann hielt er inne.

„Heraus mit der Sprache!“ drängte ich. „Vielleicht was?“

„Hm – vielleicht", sagte er in bedächtigem Ton, „daß der Baron Slavinsky das Geheimnis aufklären könnte – vorausgesetzt, daß er lebt."

„Warum sollte er nicht am Leben sein?" fragte ich verwundert.

„Hm – wer war denn der Tote, den Sie durchs Zollamt schmuggeln wollten?" lautete seine Gegenfrage.

„Slavinsky etwa? Lächerlich!"

„Warum? Lesen Sie doch den Brief noch einmal durch. Ihr Vetter spricht darin von einer auffallenden Ähnlichkeit zwischen ihm und dem Baron."

„Das stimmt."

„Nun, nehmen wir an, Ihr Vetter machte noch einen letzten Versuch, die Baronin zu sehen. Wahrscheinlich hatte er sich mit einem halben Dutzend Gläser Absinth Mut gemacht, und dann – – –"

„Und dann?" unterbrach ich ihn gespannt. „Und dann?"

„Na – dann ist wahrscheinlich etwas geschehen. Jemand kam in dem Rohrplattenkoffer nach London herüber – aber es war nicht Ihr Vetter."

„Gütiger Himmel!" rief ich erregt. „Das vermag ich nicht zu glauben. Nein, nein. Überdies hat mein Vetter den Baron ganz falsch beschrieben. Ich muß das wissen, denn ich hatte ja einmal das Vergnügen, diesem Herrn beinahe das Lebenslicht auszublasen."

„Woher wissen Sie denn, daß jener Mann ihr Gatte war?"

„Sie sagte es mir selbst."

„Ah – und Sie glaubten es ihr?"

„Ja, und ich glaube es auch jetzt noch."

„Trotz alledem?"

„Trotz alledem!"

Walter schüttelte ungläubig den Kopf. „Eine Frau, die Ihnen eine Leiche aufhängt und unbekümmert um die für Sie daraus entstehenden Folgen davonläuft – könnten Sie wirklich den Worten eines solchen Weibes trauen?"

„Nun ja", erwiderte ich ein wenig verlegen, „es ist wahr, daß die Umstände gegen sie sprechen, allein – – –"

„Unsinn, mein Lieber!" kanzelte mich mein Gefährte ab. „Ich möchte Ihnen aus dieser Klemme heraushelfen und denke auch, es wird mir gelingen, aber um's Himmels willen, schwatzen Sie nicht solches Zeug! Entschuldigen Sie meine Offenheit – mir scheint jedoch, sie ist eine bezaubernde Frau und Sie, mein Herr, haben sich in sie verliebt."

Einen Augenblick starrte ich den kühnen Sprecher halb verblüfft, halb ärgerlich an; dann aber lachte ich gezwungen aus. „Die Bemerkung brauchten Sie gerade nicht zu machen."

Er lachte ebenfalls. „Entschuldigen Sie", sagte er. „Sie war mir ganz unversehens entschlüpft. Was meinen Sie aber – wäre es nicht sehr vernünftig, wenn wir uns die fatale Geschichte für ein paar Stunden aus dem Kopf schlügen? Haben Sie sie noch nicht satt?"

„Bis über die Ohren!"

Den Rest des Tages verbrachten wir in behaglichem Nichtstun; gegen halb zehn jedoch machten wir uns auf den Weg nach dem Bahnhof, um Harris abzuholen.

Pünktlich lief der Zug ein, und aus dem Gewirr der Ankommenden löste sich die schmächtige Gestalt des Geldverleihers, der uns bald erspäht hatte.

„Sie auch hier, Herr Inspektor?" rief er überrascht, als er den ihm wohlbekannten Polizeibeamten erblickte. „Was ist denn eigentlich los?"

„Das läßt sich hier nicht sagen", erwiderte ich. „Unterwegs werde ich es Ihnen erklären. Wir haben für Sie ein Zimmer im Grand Hotel bestellt und könnten erst Ihre Reisetasche dort absetzen."

„Mir recht!" nickte Harris. „Ihr Telegramm hat mich aber ordentlich stutzig gemacht, Hab' mir den Kopf darüber zerbrochen."

Sobald wir im Wagen saßen, gab ich ihm einen kurzen Bericht unserer Erlebnisse, die ihm manchen Ausruf des Erstaunens entlockten.

„Eine nette Geschichte das!“ bemerkte er, leise vor sich hinpfeifend. „Wie könnten wir beide uns so irren? Ist doch ganz unglaublich!“

„Mir wollte es auch nicht in den Kopf“, stimmte ich bei.

„Und Sie meinen wirklich, daß wir uns getäuscht hatten?“

„Unbedingt.“

„Na, ich danke! Was sagen Sie dazu, Herr Inspektor?“

„Genau dasselbe wie Herr Bracebridge – nicht der leiseste Zweifel möglich!“ erklärte Walter im Ton vollster Überzeugung.

Harris schüttelte skeptisch den Kopf. „Das geht mir über die Hutschnur! Wundert mich, Herr Bracebridge, daß der Inspektor Sie in Ihrer Ansicht bestärkt. Müßten's mir erst gründlich beweisen können, daß ich mich geirrt haben soll. Ah, da sind wir ja angelangt!“ Damit sprang er leichtfüßig aus dem Wagen.

Nachdem er sein Gepäck untergebracht hatte, begaben wir uns noch in ein nahegelegenes Kaffeehaus, wo wir die ganze Sache aufs eingehendste besprachen.

Harris war anfangs sehr halsstarrig. Er habe doch Augen im Kopf – meinte er, und Reginald sei so oft bei ihm gewesen, daß er sich unmöglich geirrt haben könne.

Sein Widerspruch verursachte mir großes Unbehagen, denn ohne sein bestätigendes Zeugnis mußte ich darauf gefaßt sein, daß sich mir neue Schwierigkeiten in den Weg stellen würden.

Allmählich jedoch wurde er etwas zugänglicher, und schließlich gab er zu, daß unsere Meinung nicht ganz unbegründet sei; jedenfalls müsse es sich zeigen, wer recht habe.

Am nächsten Morgen sprachen wir bei dem Direktor des Hospitals vor, und nachdem ich ihm meine Vollmachten bezüglich der Leiche meines Vetters unterbreitet hatte, riet er mir, mich mit der

Beerdigungsgesellschaft in Verbindung zu setzen, die alles Nötige besorgen würde. Er händigte mir sodann Reginalds Gepäck aus, das ich, um ganz sicher zu gehen, auch noch von Harris besichtigen ließ. Er erkannte sofort jeden Gegenstand. „Der Anzug da“, sagte er, „ist vom Schneider Poole. Der junge Mann trug ihn, als er mich das letztemal besuchte. Und die Armbanduhr – – die kenne ich auch. Ebenso das goldene Zigarettenetui – hat mir manche Zigarette daraus angeboten, der arme Junge! Und dies sind richtig die Banknoten, die ich ihm nach Paris geschickt habe. Da – sehen Sie – mein Stempel auf jedem Schein. Läßt also gar keinen Zweifel zu.“

„Schön!“ sagte ich zufrieden. „Nun wollen wir noch die Leiche in Augenschein nehmen.“

Wieder führte man uns durch die langen kahlen Gänge in die Gruft hinab. Der Tote lag jetzt in einem Sarg; der Deckel war aber noch nicht aufgeschraubt.

„Nun, Herr Harris“, sagte ich, „sehen Sie sich das Gesicht einmal genau an.“

Schweigend trat er näher, während wir voll Spannung seinen Ausspruch erwarteten.

„Sieht ein bißchen zerschlagen am Kopf aus“, erklärte Harris endlich, „doch – ich will mich hängen lassen, wenn's nicht der arme Junge ist.“

Schon wollte er sich abwenden, als ihm plötzlich etwas einzufallen schien, das ihn bewog, nochmals an den Sarg zu treten.

„Eh“, sagte er mit einem scharfen Blick auf das Gesicht des Toten, „was ist denn aus dem Mal geworden?“

„Welches Mal?“ fragte ich beklommen.

„Wissen Sie denn nicht – das kleine grüne Mal an der Stirn über dem rechten Auge? Ich sehe es jetzt nicht.“

Merkwürdigerweise hatte ich nie ein solches bei Reginald bemerkt; Harris blieb jedoch bei seiner Behauptung.

Infolgedessen unterwarfen wir die von ihm bezeichnte Stelle einer genauen Untersuchung, konnten aber nichts finden.

„Vielleicht ist es durch die Verletzung an der Stirn zerstört worden“, äußerte Harris.

„Wohl möglich“, gab ich zu, „doch sehen Sie hier –“ ich hielt ihm Reginalds Photographie hin – „entdecken Sie da ein Mal? Das müßte auf dem Bild gewiß sichtbar sein.“

Bedächtig zog Harris ein Vergrößerungsglas aus der Tasche hervor und betrachtete das Bild mit großer Aufmerksamkeit.

„Nichts zu sehen“, sagte er endlich. „Begreife nicht, wie ich mich darin irren konnte!“

„Oh, dergleichen passiert jedem mal im Leben“, fiel Inspektor Walter rasch ein. „Man muß sich aber nicht an solche Kleinigkeiten klammern. Sagen Sie also gerade heraus – ist das nach Ihrer Meinung Reginald Bracebridge oder nicht?“ Harris war ein Mensch, der für gewöhnlich hartnäckig an seinen Ansichten festhielt, hier jedoch gab er doch nach. „Sonderbare Geschichte!“ entgegnete er. „Hätte schwören mögen, daß ich das Mal an ihm gesehen habe. Der Mann da ist aber sicher Reginald Bracebridge.“

„Würden Sie das bei der gerichtlichen Leichenschau beschwören?“

„Selbstverständlich, denn ich bin jetzt vollkommen überzeugt.“

„Gott sei Dank!“ atmete ich auf, „das vereinfacht die Sache außerordentlich. Ich denke, wir können nun gehen – meine Nerven halten nicht mehr viel aus.“ Wir verabschiedeten uns von dem Direktor, dem ich seine Mühe reichlich lohnte, und nachdem ich die Beerdigungsgesellschaft beauftragt hatte, die Leiche nach England zu überführen, sandte ich ein Telegramm an den Hausverwalter in Twyford Hall, Reginalds Tod und meine baldige Ankunft meldend.

„So“, sagte ich dann zu meinen beiden Begleitern, „hier ist unsere Arbeit erledigt. Was haben Sie, meine Herren, nun vor?“

Harris sah auf seine Uhr.

„In einer halben Stunde fahre ich nach Ostende“, erklärte er. „Da ich gerade in der Nähe bin, kann ich wohl ein paar Tage dort zubringen und mein Glück im Spiel versuchen.“

„Dann bin ich mit dabei“, lachte Inspektor Walter. „Ein paar Stunden an der See werden mir ganz gut tun. Und Sie, Herr Bracebridge?“

„Ich beabsichtige über Paris heimzukehren, will dort das Gepäck meines Vetters aus dem Hotel Scribe abholen, einige Erkundigungen im Grand Hotel einziehen und dann direkt nach London weiter. Ich habe doch noch genügend Zeit, alles für Reginalds Begräbnis in Suffolk vorzubereiten. Nächsten Dienstag sehe ich Sie dann wohl bei der Gerichtssitzung, Herr Inspektor?“

„Gewiß!“ nickte dieser. Dann schüttelten wir uns die Hand und trennten uns.

Ich hatte eben die Hotelrechnung, auch die Reginalds, bezahlt und nach einem Auto geschickt, um an den Bahnhof zu fahren, als ein Postbote ins Büro trat und einen Brief abgab.

„Das trifft sich sonderbar“, bemerkte der Buchhalter, indem er mir das Schreiben reichte. Es kam aus Paris und trug die Aufschrift: „Herrn Bracebridge. Grand Hotel. Brüssel.“

Verwundert sah ich den Buchhalter an.

„Öffnen Sie es nur“, riet er mir.

Ich tat es mit zitternder Hand und war nicht wenig verdutzt, als ich das Folgende las:

„Lieber Bibi.

Es ist Gefahr im Verzug. Die Baronin fuhr nicht nach London. Alles entdeckt. Ich schwebe in Todesangst. Sieh Dich vor. Schreib an die alte Adresse, und sage mir, was ich tun soll. Mit herzlichem Kuß

Deine treue
Susanne.“

7.

Obgleich ich mich im Verlauf der letzten Tage nachgerade an Überraschungen gewöhnt hatte, brachte mich der rätselhafte Brief aus Paris doch völlig aus dem Gleichgewicht.

Wer in aller Welt war Susanne? Und wer anders konnte Bibi sein als Reginald, dem das Schreiben galt? War diese neue Verwicklung nicht zum Verrücktwerden?

Der Portier, der vor Neugier platzte, sah mich beobachtend an. Ich mußte mich also beherrschen.

„'s ist nichts von Bedeutung“, sagte ich daher mit gleichgültiger Miene, indem ich das kostbare Schriftstück in die Tasche steckte.

„Ah, da ist ja das Auto. Vergessen Sie bitte nicht, mir die Depesche nachzuschicken, im Fall sie noch kommen sollte.“

„Nein, gewiß nicht. Wünsche Ihnen eine gute Reise.“

„Danke bestens. Adieu!“

Fort rollte der Wagen, und bald nachher befand ich mich auf dem Wege nach Paris.

Ich war in ein Raucherabteil gestiegen, und da ich die Sprache meiner Reisegefährten – es waren zwei Deutsche – nur notdürftig verstand, so knüpfte ich keine Bekanntschaft mit ihnen an, sondern nestelte mich in eine Ecke und überließ mich meinen Gedanken. Eifrig bemüht, den Schlüssel zu all den seltsamen Vorgängen zu finden, verfiel ich auf die tollsten Vermutungen, zumal der Brief dieser Susanne die Sache ganz neu gestaltete und mich mit begreiflicher Unruhe erfüllte.

Vergebens fragte ich mich, in welchem Zusammenhang dies Schreiben mit dem Geheimnis stand. Nur dies wurde mir klar: daß die rätselhafte Susanne hineinverwickelt war und daß auch Reginald Mitwisser gewesen sein mußte. Hingegen konnte und wollte ich nicht an eine Beteiligung der Baronin glauben, obgleich ich mir bei ruhiger Überlegung sagen mußte, daß es für sie ein leichtes gewesen wäre, mit einer Verbündeten – etwa dieser Susanne – die Absendung des Telegramms nach Calais zu vereinbaren, um dann den Unglückskoffer mit seinem schauerlichen Inhalt einem ahnungslosen Mitreisenden unterzuschieben. Ihre anscheinende Erregung beim Empfang der Depesche konnte recht wohl erheuchelt gewesen sein; auch mußte ihr geheimnisvolles Verschwinden zum mindesten verdächtig erscheinen und die Mutmaßung nahelegen, sie habe um den Inhalt des Koffers gewußt.

Dies führte mich auf einen neuen Gedankengang.

Susannes Brief, der nur für Reginalds Augen bestimmt schien, deutete unverkennbar an, daß mein Vetter um die Reise der Baronin gewußt hatte. Zwischen ihm und dieser Susanne mußte zudem ein mehr als freundschaftliches Verhältnis bestanden haben, das merkte man an jedem Wort des Briefes sowie an der vertraulichen Anrede.

War es möglich, daß Reginald mich zu täuschen versucht hatte, indem er mir einen scheinbar so zerknirschten Brief schrieb? Diese Annahme widerstrebte mir im höchsten Grade, allein – wie sollte ich es mir anders auslegen?

Vielleicht hatte es ihn nachher gereut, und er schickte den Brief nicht ab, so daß ich den Inhalt desselben, wäre Reginald nicht plötzlich gestorben, möglicherweise nie erfahren hätte.

Susannes Brief wurde mir nun auch verständlich. Zweifellos war sie eine Bundesgenossin und Zwischenträgerin, mit der Reginald aus selbstsüchtigen Zwecken getändelt hatte.

Es war dann ein Verbrechen begangen worden, von dem sie beide Kenntnis besaßen. Hatte Reginald sich daran beteiligt und vor allen Dingen – wer war das Opfer gewesen? Konnte Inspektor Walter mit seiner Ansicht recht gehabt haben?

Nur ungern hätte ich sein überlegenes Urteil anerkannt; noch weniger mochte ich glauben, daß die schöne Frau, deren Bild mir immer vor Augen stand, mich getäuscht haben sollte, indem sie den bärtigen Mann in Baden-Baden für ihren Gatten ausgab.

In seinem Briefe betonte Reginald die große Ähnlichkeit zwischen ihm und dem Baron. Gütiger Himmel: Lag hier die Lösung des Rätsels? Hatte der Zufall die beiden Männer zusammengeführt, und war mein Vetter zum Mörder geworden?

Über diesen Punkt dachte ich angestrengt nach, und je länger ich grübelte, desto stärker wurde meine Überzeugung, daß diese Vermutung die richtige sei. In Gedanken malte ich mir bereits den ganzen Vorgang aus.

Ein überstürzter Versuch Reginalds, die Baronin zu sehen, vielleicht oder wahrscheinlich mit ihrer Einwilligung; eine Überraschung der beiden durch den Gatten; ein heftiger Wortstreit, dann ein Handgemenge und schließlich – ein Mord. Susanne war Zeugin des Verbrechens und die Baronin – die, wie sie behauptete, ihren Mann haßte – eine Mitschuldige.

Ja – jetzt war mir alles klar. Nachdem die schöne Frau ihre entsetzliche Rolle mit vollendeter Geschicklichkeit durchgeführt hatte, war sie nach Berlin geflohen, und so erklärte es sich, weshalb Reginald mit so fieberhafter Ungeduld ein Telegramm von dort erwartet hatte.

Ja, jedes Glied in der Kette paßte jetzt genau an das andere. Die Baronin hatte mit der List einer Delila gehandelt, um die Folgen ihres Verbrechens auf mich abzuwälzen. Zu dieser traurigen Überzeugung kam ich lange, bevor ich Paris erreicht hatte. Aber auch ein unwiderstehliches Verlangen, der Sache auf den Grund zu gehen, mit oder ohne Walters Hilfe – lieber ohne dieselbe – erwachte in mir; eine Art Detektiveifer, der nicht ruht, bis alle Schleier des Geheimnisses gelüftet sind.

Nun Reginald nicht mehr lebte, war ich plötzlich Millionär geworden. Dies setzte mich in den Stand, meine Rechtsanwaltpraxis an den Nagel zu hängen und das schöne Weib, das einen so bestrickenden Zauber auf mich ausgeübt, zu suchen. Mochte sie auch schuldig sein – ich wollte und mußte sie finden. Kurz vor Ankunft des Zuges in Paris hatte ich Gelegenheit, meine geringe Kenntnis der deutschen Sprache zu bedauern. Bisher hatte ich meine Mitreisenden völlig unbeachtet gelassen, stutzte jedoch, als ich aus ihren Gesprächen wiederholt den Namen Slavinsky heraushörte. Aufmerksam lauschend, vermochte ich einzelne Worte zu verstehen, aus denen ich entnehmen konnte, daß der Genannte soeben aus Amerika zurückgekehrt sei, daß er viel riskiere, wenn er sich nach Paris begäbe, und daß seiner Frau große Gefahr drohe, sollte der Zufall sie mit ihrem Gatten zusammenführen. Ich fragte mich, ob die beiden auf die Baronin anspielten; für mein Leben gern hätte ich das erfahren, allein schon hielt der Zug im Pariser Bahnhof.

Während ich mein Handgepäck zurechtlegte, stiegen meine Gefährten aus. Ich folgte ihnen mit den Augen und sah, wie sie mit einem Manne zusammentrafen, der kein anderer war als der Bärtige, den ich damals in Baden-Baden zu Boden geschlagen hatte. Ich empfand eine aufrichtige Freude in dem Gedanken, daß die Baronin trotz alledem die Wahrheit gesagt, obgleich in diesem Falle meine fein ersonnenen Theorien wie ein Kartenhaus zusammenbrachen und das Geheimnis undurchdringlicher wurde als zuvor.

Während mir diese Gedanken durch den Kopf schwirrten, stieg ich rasch aus, entschlossen, den dreien zu folgen. Zu meinem Verdruß waren sie aber in dem auf dem Bahnsteig herrschenden Gewühl bereits verschwunden.

Vielleicht sind sie an den Autostand gegangen, dachte ich, meine Schritte dorthin lenkend. Allein vergebens – ich konnte sie nirgends entdecken.

Ärgerlich über meine Unachtsamkeit bestieg ich einen Wagen und ließ mich nach dem Hotel Scribe fahren. Als ich das Büro betrat, um mir ein Zimmer zu bestellen, erkannte mich der Buchhalter sofort.

„Ah, Herr Bracebridge“, redete er mich an, „wir erwarteten Sie bestimmt – früher oder später – wegen Ihres Herrn Vetters Gepäck. Eine recht traurige Geschichte! Wir lasen in den Blättern von dem Unglück und dachten gleich, daß er es sein müsse. Wir hatten ja auch ein Telegramm von ihm aus Brüssel erhalten.“

„Ganz recht!“ nickte ich. „Bin selbst jetzt in Brüssel gewesen, um die Leiche nach England überführen zu lassen. Ja, es war ein beklagenswerter Unfall.“

„Da fällt mir ein“, bemerkte der Buchhalter, „daß sich vor einigen Tagen ein Herr nach Ihnen und nach dem Verstorbenen erkundigte.“

„Ein Herr Walter?“ fragte ich.

„Ja, den Namen gab er an.“

„So – war er hier? Er begleitete mich nämlich bis Brüssel, wo wir uns dann trennten. Er ist direkt nach London zurückgekehrt, während ich erst hierher fuhr, um das Gepäck meines Vetters mitzunehmen. Wollen Sie es gefälligst in mein Zimmer bringen lassen – ich werde bei Ihnen übernachten.“

Dienstbeflissen erfüllte der Beamte meine Wünsche.

So, dachte ich, jetzt ein Bad und ein tüchtiges Mittagessen und dann ins Grand Hotel. Was werde ich dort für Entdeckungen machen? Na, mich kann nach all dem Erlebten nichts mehr überraschen.

Wenn ich mich in Paris aufhielt, speiste ich stets in einem der Boulevard-Restaurants. Das tat ich auch diesmal, und nachdem ich mich noch mit einer Flasche alten Chambertin gestärkt hatte, fuhr ich geradeswegs nach dem Grand Hotel. Dort setzte ich mich ins Lesezimmer, klingelte einem Kellner und beauftragte ihn, meine Karte dem Direktor zu bringen, den ich persönlich zu sprechen wünschte.

Nach einigen Minuten kehrte der Kellner zurück und führte mich in das Büro des Chefs, der an seinem Pulte sitzend eine Zeitung las.

Als ich eintrat, schaute er auf, lud mich zum Sitzen ein und fragte nach meinem Begehr.

Ich erwiderte, ich käme wegen einer Baronin Slavinsky, die bis vor kurzem in seinem Hotel gewohnt habe.

„Das dachte ich mir“, entgegnete er, „denn gerade, als man mir Ihre Karte brachte, las ich einen merkwürdigen Artikel in der Zeitung, in dem Ihr Name erwähnt wurde.“

Ich ließ mir den Artikel zeigen. Es war ein kurzgefaßter Bericht über die Leichenschau in London.

„Das stimmt“, sagte ich, die Zeitung zurückgebend. „Ich bin der Genannte. Die Geschichte ist mir höchst peinlich.“

„Uns aber auch“, fiel er rasch ein. „Die Vermutung, es sei in diesem Hotel ein Verbrechen begangen worden – und das wird in dem Artikel angedeutet – kann uns großen Schaden bringen. Noch nie ist etwas Derartiges hier geschehen, und ich vermag es auch nicht zu glauben. Wollen Sie mir freundlichst Näheres über den Fall mitteilen?“

„Sehr gern!“ Und nun erzählte ich ihm alles, was sich in Calais und London zugetragen hatte. Ich schloß mit der Bemerkung, daß ein von Scotland Yard nach Paris entsandter Beamter, der im Grand Hotel Nachforschungen angestellt habe, meine Aussagen in jeder Hinsicht bestätigt fand, so daß nunmehr nicht der geringste Verdacht auf mir ruhe.

Der Direktor, der aufmerksam zugehört hatte, nickte mit dem Kopf. „Richtig!“ sagte er. „Ich erinnere mich. Es war vor einigen Tagen, habe aber seinen Fragen keine besondere Bedeutung beigemessen. Er sprach auch nicht von einem Verbrechen, und so vergaß ich die Sache rasch wieder. Übrigens – vor anderthalb Stunden war ein anderer Mann hier, der sich nach der Baronin Slavinsky erkundigte.“

Ich horchte hoch auf. „Was war das für ein Mann?“ fragte ich begierig. „Sie werden begreifen, daß ich an dieser Sache in gewissem Sinne lebhaft interessiert bin.“

„Gewiß!“ stimmte er bei. „Nun, er war weder Franzose noch Engländer, das hörte ich sofort; aber auch kein Deutscher. Schien mir ein Russe oder Pole zu sein.“

„Ah!“ rief ich überrascht. „Trug er einen Bart?“

„Einen pechschwarzen. Er hatte kleine schwarze Augen, zottiges Haar und sehr buschige Augenbrauen – er sah keineswegs einnehmend aus.“

„Hm – darf ich fragen, wonach er sich erkundigte?“

„Es ist kein Geheimnis. Er wünschte nur zu wissen, ob die Baronin eine Adresse hinterlassen habe; auch fügte er noch hinzu, er sei ein Verwandter von ihr, habe sie ein Jahr nicht gesehen und möchte sie gern sprechen, um ihr eine wichtige Nachricht mitzuteilen. Da ich bedauerte, ihm keine Auskunft geben zu können, dankte er kurz und ging wieder. Haben Sie eine Ahnung, wer es gewesen sein kann?“

„O ja“, nickte ich. „Mir scheint, es war der Baron – ihr Gatte.“

„Mein Himmel, warum denken Sie das?“ fragte der Direktor, dessen Gesicht deutlich zeigte, wie lebhaft ihn die Sache interessierte.

Aus gewissen Gründen gab ich ihm keine direkte Antwort, sondern berichtete ihm nur mein Abenteuer in Baden-Baden.

„Nach Ihrer Beschreibung“, bemerkte ich zum Schluß, „ist es wohl der Mann gewesen, den ich damals niederschlug. Ich habe den Vorfall niemals erwähnt, weil ich glaubte, er sei nicht weiter von Belang – was jedenfalls richtig ist. Und nun, denke ich, wäre es in unserem beiderseitigen Interesse, wenn Sie mir alles sagen würden, was Sie über die Baronin wissen.“

Er unterbrach mich, indem er die Hand erhob. „Ich weiß absolut nichts. Sie gehörte einfach zu den Tausenden von Gästen, dic im Laufe des Jahres hier verkehren. Sie kommen und gehen nach Belieben. Ein König, der inkognito reist, könnte bei uns absteigen, ohne daß wir eine Ahnung von seinem Range hätten. Das ist sogar schon oft geschehen. Könnte aber ebensogut ein Mörder sein – einer, den die Polizei sucht. Wie sollten wir das wissen?“

„Wohl wahr!“ gab ich zu, „allein, da die Baronin längere Zeit bei Ihnen wohnte, müßten Sie sie doch bemerkt haben.“

Der Direktor zuckte mit bedeutsamem Lächeln die Achseln. „Nun ja – sie ist eine sehr schöne Frau; das fällt einem natürlich in die Augen. Außerdem war sie schon wiederholt bei uns."

„Allein?"

„Stets nur mit einer Jungfer."

Ein jäher Gedanke durchzuckte mich.

„Wissen Sie vielleicht den Namen der Jungfer?" fragte ich.

Wieder zuckte er die Achseln. „Aber, mein Herr, was für eine Frage Sie mir stellen."

„Verzeihung", beeilte ich mich zu erwidern, „es ist mir nämlich sehr viel daran gelegen, den Namen der Zofe zu erfahren. Ließe sich das nicht ermitteln?"

„Morgen vielleicht", entgegnete er, auf seine Uhr sehend.

Ich verstand den Wink. „Ich will Sie nicht länger aufhalten. Nur noch eine oder zwei Fragen. Erhielt die Baronin viel Besuch?"

„So viel ich weiß – nein", lautete die Antwort. „Sie führte hier ein sehr ruhiges, zurückgezogenes Leben und speiste gewöhnlich auf ihrem Zimmer. Das fiel mir oft auf."

„Danke! Und nun noch eine letzte Frage – die wichtigste von allen. Wurde sie nicht während ihres hiesigen Aufenthalts von einem jungen Manne belästigt? Gelangte dies je zu Ihrer Kenntnis?"

Der Direktor sann einen Augenblick nach, dann erwiderte er: „Ja, ich erinnere mich dessen. Er trieb sich oft hier herum und lauerte ihr beständig auf. Sie beklagte sich bei mir, doch ich konnte nichts tun. Zwar wies ich ihn selbst einmal fort, aber es nützte nichts, denn er bestach die ganze Dienerschaft."

Während er sprach, hatte ich Reginalds Photographie aus meiner Brieftasche genommen und hielt sie ihm nun vor.

„Eh –" rief er aus – „das ist ja der junge Mann!"

„Ganz recht“, erklärte ich, „derselbe, dessen Leiche am Charing Croß-Bahnhof in London im Koffer der Baronin gefunden wurde. Jetzt, mein Herr, wird Ihnen die Bedeutung und die Wichtigkeit meiner Fragen gewiß klar sein. Es läßt sich nicht länger bezweifeln, daß in diesem Hotel ein Mord verübt worden ist, und ich hoffe, Sie werden mir morgen gestatten, bei denjenigen Ihrer Untergegebenen Umfrage zu halten, die imstande sind, über das Verhalten der Baronin vor ihrer Abreise Auskunft zu geben. Selbstredend in Ihrer Gegenwart.“

So sprechend erhob ich mich, um mich zu verabschieden.

„Ich werde dafür Sorge tragen, Herr Bracebridge“, versprach der Direktor, mir die Hand reichend. „Es geschieht ja in beiderseitigem Interesse. Würde es Ihnen morgen vormittag um elf Uhr passen?“

Ich bejahte und verließ dann das Hotel, ziemlich befriedigt von dem Resultat dieser ersten Unterredung.

Als ich über den Boulevard schritt, bemerkte ich ganz zufällig an einem der dort aufgestellten Marmortischchen einen Mann, der sich eine Zigarre anzündete. Die Flamme des Streichholzes beleuchtete sein Gesicht und blitzschnell kam mir die Szene am Bahnhof sowie der Vorfall in Baden-Baden ins Gedächtnis. Der Mann da vor mir – dessen fühlte ich mich sicher – war der Gatte der Baronin – derselbe, der vor einer Stunde ihre Adresse bei dem Direktor des Hotels erfragt hatte.

Kurz entschlossen ließ ich mich in seiner Nähe nieder und bestellte mir eine Tasse Kaffee. Dann studierte ich die fast abstoßenden Gesichtszüge meines Nachbars aufs genaueste. Er rauchte seine Zigarre mit einem eigentlichen Ungestüm, indem er mächtige Rauchwolken aus Mund und Nase stieß. Ab und zu murmelte er unverständliche Worte, die er mit heftigen Gebärden begleitete. Seine ganze Erscheinung war im höchsten Grade unsympathisch, und ich konnte es mir nicht vorstellen, daß dieser Mann die schöne Frau, die mich so bezaubert hatte, jemals in seinen Armen gehalten haben sollte.

Er war so völlig mit sich selbst beschäftigt, daß er nicht ein einziges Mal nach mir herüber sah. Plötzlich zog er ein Paket Papiere aus der Tasche, öffnete es, suchte ein Blatt heraus und las es zähneknirschend durch. Dann schob er das Bündel wieder in die Tasche, und zwar mit einer so heftigen Gebärde, daß er fast die Gläser auf dem Tische umwarf, sprang rasch auf und verließ das Café.

Ich erhob mich natürlich ebenfalls, wobei ich bemerkte, daß er einen Brief hatte fallen lassen. Blitzschnell bückte ich mich danach, steckte das Papier ein und eilte hinter dem Fremden her. Als ich mich nach ihm umschaute, gewahrte ich ihn an einem Kiosk; er kaufte sich dort eine Zeitung und bestieg dann ein Auto. Der Wagen fuhr an mir vorüber und so war es mir möglich, die Nummer desselben zu erkennen. Sie lautete 8410.

Gemächlichen Schrittes wanderte ich nun dem Hotel Scribe zu. Im Vestibül desselben meldete mir der Pikkolo, der Direktor wünsche mich in seinem Privatbüro zu sprechen.

Ich ließ mich hinführen, und als ich eintrat, kam mir der Wirt ebenso höflich entgegen wie früher; dennoch merkte ich einen Unterschied in seinem Wesen, ohne mir diesen Unterschied jedoch recht erklären zu können.

„Ah, Herr Bracebridge“, redete er mich an, „ich hörte, Sie seien wieder hier, und freue mich, Sie zu sehen. Mit aufrichtigem Bedauern erfuhr ich den Tod Ihres Herrn Vetters, las aber heute etwas sehr Sonderbares in der Zeitung. Danach scheint es, daß Sie die Leiche des jungen Mannes in einem Koffer nach London gebracht haben, und heute sagt man mir, Sie hätten dieselbe Leiche von Brüssel nach London gesandt. Das verstehe ich nicht recht. Sie werden entschuldigen, aber ich gerate dadurch in große Verlegenheit, was die Auslieferung des Gepäcks anbetrifft.“

Seine Worte ärgerten mich.

„So – wirklich?“ sagte ich schroff. „Bin ich Ihnen noch etwas schuldig?“

„Nein, nein!“ stammelte er betreten.

„Sie haben den Scheck als Zahlung für das Schuldkonto meines Vetters angenommen“, fuhr ich in gleich scharfem Ton fort; „folglich besitzen Sie kein Recht mehr, sein Gepäck zurückzubehalten.“

„Ganz recht!“ stotterte der Wirt.

„Damit ist für Sie alles erledigt und das übrige geht Sie nichts an. Ich hielt Sie für einen besseren Geschäftsmann, mein Herr!“ Und ohne mich weiter mit ihm zu befassen, verließ ich das Büro.

Einen Augenblick hatte ich befürchtet, man habe Reginalds Sachen während meiner Abwesenheit aus meinem Zimmer fortgeschafft; als ich es jedoch betrat, sah ich mit Befriedigung, daß dies nicht geschehen war.

Da ich noch keinen Schlaf verspürte, nahm ich eine genaue Besichtigung seines Gepäckes vor, das aus einem halben Dutzend Koffern, Reisetaschen und dergleichen bestand. Die nötigen Schlüssel hatte ich während meines Aufenthalts in Brüssel in Reginalds Rocktasche gefunden. Das Resultat meiner Untersuchung waren zwei Entdeckungen, eine von geringerer Bedeutung – nämlich eine Anzahl leere Juwelenkästen mit dem Stempel der Firma Flamborough und Co., Old Bond-Street – und eine von ungeheurer Wichtigkeit.

In einer kleinen Schreibmappe fand ich das halbe Blatt eines Briefbogens des Grand Hotel, auf dem in einer Handschrift, die ich sofort erkannte, geschrieben stand:

„Die Baronin will Ihnen heute abend um zehn Uhr ein Rendezvous bewilligen. Seien Sie pünktlich und bringen Sie, wie verabredet, das Diamanthalsband mit. Ich werde Sie im Korridor erwarten.

Susanne.“

Beim Lesen dieses inhaltsschweren Briefchens fühlte ich, wie mir der kalte Schweiß aus allen Poren drang.

Ich hatte mich also doch nicht geirrt! Die Baronin war eine Schuldige und mein Vetter Reginald – ein Mörder!

8.

Pünktlich um elf Uhr erschien ich am nächsten Morgen im Grand Hotel. Man führte mich unverzüglich zu dem Direktor, der mich diesmal weit höflicher empfing als am Abend zuvor. Er ließ sich sogar herbei, aufzustehen, mir einen Sessel heranzurücken und mich mit einer Verbeugung zum Sitzen einzuladen.

„Die Geschichte ist mir stark im Kopf herumgegangen“, begann er, sich an sein Pult setzend. „Ich war daher eifrig bemüht, Erkundigungen einzuziehen, die Licht in das Dunkel bringen und Ihnen nützen könnten. Sie begreifen wohl, daß in einem so großen Betrieb, bei dem ewigen Kommen und Gehen der vielen Gäste, der einzelne ziemlich unbeachtet bleibt. Das sagte ich Ihnen ja schon gestern. Nun also, ich habe Ermittelungen angestellt, soweit ich dieselben erlangen konnte, möchte aber, daß Sie die betreffenden Aussagen direkt von den Zeugen erhalten und dann nach Ihrem eigenen Ermessen davon Gebrauch machen.“

Er klingelte und beauftragte den eintretenden Kellner, ihm das Zimmermädchen Lucille Lefarge zu schicken.

Es entstand eine Pause. Nach wenigen Minuten erschien die Gerufene. Sie war der echte Typus des französischen Stubenmädchens, lebhaft, kokett und zierlich gekleidet. Sie knickste vor dem Direktor und warf mir einen forschenden Blick zu, in dem sich eine gewisse Ängstlichkeit und Unruhe spiegelte.

„Dieser Herr“, redete der Direktor sie in sehr strengem Ton an, „wünscht Ihnen einige Fragen zu stellen. Ich rate Ihnen, genau bei der Wahrheit zu bleiben, Sie könnten sich sonst große Ungelegenheiten zuziehen.“

Wieder knickste sie und wandte sich dann erwartungsvoll zu mir.

„Sie kennen natürlich die Baronin Slavinsky?“ begann ich das Verhör.

„Gewiß, mein Herr! Sie hatte im ersten Stock die Zimmer Nummer zweiundvierzig und dreiundvierzig.“ Ihr Blick glitt scheu zu dem Direktor hinüber, der ihr ermutigend zunickte. „Die Dame“, fuhr sie fort, „wohnte drei Wochen hier. Erst vor einigen Tagen reiste sie ab.“

– „Hatte sie eine Jungfer bei sich?“

„Ja, mein Herr.“

„Wie hieß diese?“

Die Französin zuckte geringschätzig die Achseln. „Susanne – ihren Familiennamen kenne ich nicht. Die Frau Baronin nannte sie stets nur Susanne. Mehr weiß ich nicht.“

„Das genügt“, nickte ich zufrieden. „Also weiter – empfing die Baronin viel Besuch?“

„Nein, mein Herr.“

„Das wissen Sie bestimmt?“

„Ganz bestimmt, da die Zimmer in dem Korridor unter meiner Obhut stehen.“

„Schön. Das wird die Untersuchung sehr vereinfachen. Einige Personen sah sie aber doch wohl bei sich?“

„Nur wenige, mein Herr – höchstens eine oder zwei.“

„Öfters?“

„Nein, mein Herr. Nicht mehr als zweimal.“

„Jedesmal dieselbe Person?“

„Ja, mein Herr.“

„Ein Mann oder eine Frau?“

„Ein Herr – ein ganz junger Mann.“

Ich hielt ihr nun Reginalds Photographie vor.

„Sah er etwa so aus?“ fragte ich.

„Ja, wahrhaftig!“ versicherte das Mädchen.

„Sind Sie dessen ganz sicher? Sehen Sie das Bild noch einmal an.“

„Gar nicht nötig“, wehrte Lucille ab. „Ich habe das Gesicht sofort erkannt.“

„Weshalb?“

Sie errötete und blickte zögernd auf den Direktor. „Nur weiter!“ mahnte dieser. „Sagen Sie ohne Scheu die Wahrheit. Jedenfalls erhielten Sie Trinkgelder von dem jungen Mann. Doch das ist jetzt Nebensache. Wir wollen alles genau wissen.“

Ihr Gesicht hellte sich zusehends auf. „Nun ja“, erwiderte sie in entschuldigendem Ton, „Sie erinnern sich doch selbst, Herr Direktor, wie er immer herkam und die Baronin zu sehen versuchte.“

„Ja – ja!“ nickte der Wirt. „Ich habe ihn selbst einmal ermahnt, nicht beständig hier herumzubummeln. Den meinen Sie also?“

„Es war nie ein anderer da als dieser“, behauptete Lucille.

Ich spitzte die Ohren. „Wissen Sie das ganz sicher?“

„Ganz sicher“, beteuerte die Französin. „Ich wenigstens habe nur diesen Herrn gesehen.“

„Und er gab Ihnen manchmal ein Trinkgeld?“

„Ja, mein Herr.“

„Warum?“

„Warum?“ wiederholte sie, indem sie mich mit erstaunten Blicken maß und ihre Lippen in einer Weise aufwarf, daß mir ganz unbehaglich zumute wurde.

„Nun ja“, sagte ich, einen strengen Ton anschlagend. „Weshalb tat er es?“

„Na“, entgegnete sie mit eigentümlicher Betonung, „das braucht man doch nicht näher zu erklären. Er war toll verliebt in die Baronin und dachte, ich könnte – –“

„Schon recht!“ unterbrach ich sie. „Ich verstehe, was Sie meinen. Sie empfing ihn also ein- oder zweimal?“

„Ja, mein Herr.“

„Das erstemal war wann?“

Sie überlegte einen Augenblick. „Vor ungefähr vierzehn Tagen.“

„Blieb er lange bei ihr?“

„Wie soll ich das wissen? Doch halt – ja – ich erinnere mich – etwa eine halbe Stunde.“

„Hielten Sie sich gerade im Korridor auf?“

„Ja – ganz zufällig.“

„Und er gab Ihnen ein Trinkgeld?“

„Das tat er immer.“

„Sah er vergnügt aus?“

„Nein – im Gegenteil. Er war furchtbar verdrießlich, schimpfte vor sich hin und sagte, er würde nie wieder ins Hotel kommen.“

„Ah! Er kam aber doch wieder. War er das zweitemal besser aufgelegt?“

„Es schien so; Susanne erwartete ihn vor der Tür der Baronin, und da lief er so rasch ins Zimmer, daß er mich gar nicht bemerkte. Das ist alles, was ich weiß. Ich habe ihn seitdem nicht wieder gesehen. Den nächsten Tag reiste die Baronin ab.“

„Mit Susanne?“ warf ich ein.

„Nein. Susanne sagte mir, sie habe ihren Dienst gekündigt, um zu heiraten.“

„Wen? Bibi?“

„Ich glaube, sie sagte Bibi; sicher weiß ich es aber nicht.“ Sie sann einen Augenblick nach. „Ja, ich meine doch, es war Bibi.“

Diese überraschende Erklärung brachte mich für einen Augenblick so aus der Fassung, daß ich vergaß, eine weitere Frage zu stellen. „Ich – ich danke Ihnen, mein Fräulein“, sagte ich nach einer Pause. „Was Sie mir berichtet haben, genügt. Doch bitte, noch eins!“ hielt ich sie zurück, als sie mit einem Knicks das Zimmer verlassen wollte. „Sie waren gewiß oft in den Gemächern der Baronin – hatte sie viel Garderobe?“

„Oh, prächtige Toiletten, mein Herr! Ganz wundervoll! Seidene Kleider und herrliche Spitzen – man konnte sich blind dran sehen."

„So? Das wollte ich nur wissen", sagte ich, das Mädchen entlassend. Im stillen aber fragte ich mich, ob es mir jemals gelingen würde, die Lösung dieser verwickelten Geschichte zu finden.

Inzwischen hatte der Direktor wieder geklingelt. Diesmal trat ein Portier in goldverschnürter Livree herein.

„Die Aussagen dieses Mannes", bemerkte der Wirt, „dürften Sie zweifellos sehr interessieren."

Ich sah ihn mir genauer an und erinnerte mich plötzlich, daß ich ihn früher oft als Portier im Hotel Metropole in London gesehen hatte. Auch er erkannte mich, denn er legte die Hand grüßend an die Stirn, indem er auf Englisch sagte: „Ich hoffe, mein Herr, es geht Ihnen gut."

„Danke!" entgegnete ich. „Habe aber viel Verdruß mit dieser Geschichte. Sie wissen wohl, um was es sich handelt."

„Allerdings", nickte er. „Es steht ja in allen Zeitungen. Muß gestehen, daß ich sehr erstaunt war, als ich's gelesen hatte."

„Warum?" fragte ich, von seiner Bemerkung überrascht.

„Weil ich nicht begreifen kann, wie das geschehen sein soll. Jedenfalls nicht in der Nacht, ehe die Baronin abreiste."

„Weshalb nicht?" forschte ich, aufmerksam werdend.

„Hm – weil sie gar nicht im Hotel war. Wenigstens nicht zwischen acht Uhr abends und ein Uhr morgens."

Ich stutzte. „Woher wissen Sie das?"

„Weil sie um acht Uhr in einem geschlossenen Wagen fortfuhr. Gegen ein Uhr morgens kam sie in demselben Wagen zurück."

Der Direktor beantwortete meinen fragenden Blick mit einem halben Lächeln. „Dachte mir wohl, daß Sie erstaunt sein würden", sagte er. „Ich war's auch."

„Können Sie beschwören, daß es die Baronin gewesen ist?“ wandte ich mich zu dem Portier.

„Mit gutem Gewissen“, versicherte dieser. „Bei einer so schönen Frau kann man sich nicht leicht irren.“

„Wie war sie gekleidet?“

„Sehr einfach. Das fiel mir auf.“

„Als etwas Außergewöhnliches?“

„Ja.“

„War sie jedesmal ganz allein im Wagen?“

„Bei der Rückkehr ja. Als sie wegfuhr, habe ich eine Nonne oder barmherzige Schwester mit ihr gesehen.“

„Ah!“ machte ich verwundert. „Hörten Sie, welche Adresse sie dem Chauffeur gab?“

„Sie gab ihm gar keine. Er fuhr einfach vor und fuhr fort, sobald ich den Wagenschlag geschlossen hatte. Wußte wahrscheinlich schon, wohin's ging. Es wurde kein Wort gesprochen.“

„Sahen Sie die Baronin am nächsten Tage?“

„Gewiß. Zwei- oder dreimal sogar. Sie ging früh fort und kehrte erst gegen neun Uhr abends zurück. Dann kam sie herunter und beauftragte mich, ein Auto zu holen. Nachdem ich das getan, half ich ihren großen Koffer sowie das kleinere Gepäck heruntertragen. Es ging nicht alles auf das Auto, und so mußte ich noch ein zweites holen. Alsdann fuhr sie nach dem Nordbahnhof. Das ist alles, was ich von dieser Sache weiß.“

Ich dankte ihm für seine Auskunft. „Die Geschichte wird immer rätselhafter“, sagte ich zu dem Direktor, sobald der Mann sich entfernt hatte. „Haben Sie noch weitere Überraschungen für mich?“

„Ich könnte Ihnen allerdings noch einen Zeugen vorführen“, entgegnete er, „weiß aber nicht, ob seine Angaben Ihnen nützen werden.“

„Wen meinen Sie?“

„Den Portier am zweiten Hoteleingang in der Rue Scribe. Er hat Ihren Vetter gut gekannt. Um die Frage zu vereinfachen, zeigen Sie ihm gleich die Photographie.“

Auf sein Klingeln erschien ein zweiter Pförtner, der Reginalds Bild sofort erkannte, als ich es ihm vorhielt. Von dem schrecklichen Ereignis schien er jedoch noch keine Ahnung zu haben. Er behauptete, den jungen Mann mehrere Wochen hindurch täglich ein halbes dutzendmal gesehen zu haben. Seit der Abreise der Baronin jedoch habe er sich nicht mehr blicken lassen. Diese Aussage war nicht von besonderer Bedeutung; wohl aber erfaßte mich nahezu ein Schwindel, als er meine Frage, wann er Reginald zuletzt gesehen, beantwortete.

„Es war am Abend, bevor die Baronin abreiste“, erklärte er mit großer Bestimmtheit, „ungefähr um halb elf. Der Herr kam hastig den Korridor entlang, drückte mir, ohne ein Wort zu sprechen, einen Louisdor in die Hand, sprang an der Ecke des Boulevards in ein Auto und fuhr davon. Seitdem habe ich ihn nicht wieder gesehen.“

„War er in Gesellschaftstoilette?“ fragte ich.

„Nein, in seinem gewöhnlichen Anzug.“

Ich entließ den Mann und schaute fragend auf den Wirt. Der schien meine Bestürzung zu merken, denn er zuckte die Achseln und sagte in ratlosem Ton: „Es wird immer ärger! Was sagen Sie dazu?“

„Nichts!“ erwiderte ich, indem ich mich erhob und nach meinem Hut griff. „Ich bin noch genau so sehr im Dunkeln wie zuvor.“

„Ich auch!“ stimmte er bei, mich zur Tür begleitend.

Fünf Minuten später befand ich mich auf dem Boulevard, unschlüssig, was ich tun sollte. Statt Aufklärung zu erhalten, war ich nur noch mehr mystifiziert worden.

9.

Da ich noch neun Stunden Zeit hatte bis zur Abfahrt des Schnellzuges nach Calais, so ließ ich mich vorerst im Café de la Paix nieder, um das, was ich im Grand Hotel gehört hatte, mit Ruhe zu überdenken.

Nach einer Weile zufällig aufschauend, bemerkte ich ein Auto, das vor dem Café hielt und zwei Personen absetzte. Der Chauffeur wollte eben wegfahren, als ich aus seinem Schild die Nummer 8410 las. Sofort rief ich ihn an, befahl ihm die Boulevards entlang zu fahren und sprang in den Wagen.

Der Chauffeur fuhr von einem Boulevard zum anderen, bis wir den Bastilleplatz erreicht hatten. Hier rief ich dem Chauffeur zu: „Bringen Sie mich nach einem in der Nähe gelegenen ruhigen Café. Ich habe etwas mit Ihnen zu besprechen."

Sofort drehte er sich nach mir um, betrachtete mich mit Kennerblick und antwortete, sichtlich mit seiner Musterung zufrieden: „Sehr wohl, mein Herr."

Dann lenkte er in eine stillere Seitenstraße und hielt gleich darauf vor einer kleinen, nicht übermäßig sauberen Wirtschaft. Während ich ausstieg, sprang auch er vom Sitz herunter.

„Hier sind wir ungestört", erklärte er, durch die offene Tür eintretend. „Ich kenne den Wirt." Er nickte diesem zu und führte mich in eine entfernte Ecke des ziemlich geräumigen Saales, wo wir vor Lauschern gesichert waren.

„Vor allem, was wollen Sie trinken?" fragte ich, einen schäbig gekleideten Kellner heranwinkend.

„Einen Absinth, wenn ich bitten darf."

Ich bestellte mir ein Glas Bier, und sobald wir bedient worden, begann ich ohne Umschweife: „Sie haben gestern abend um halb elf einen Fahrgast gegenüber dem Jockeyklub aufgenommen. Es war ein bärtiger Mann – ein Ausländer."

Der Chauffeur warf mir einen forschenden Blick zu, dann fragte er mit größter Seelenruhe: „Was ist's damit?"

„Ich möchte den Namen dieses Mannes wissen. Können Sie es mir sagen?"

„Hm – und wenn ich es könnte?"

„Hätten Sie den Vorteil davon."

„Ganz schön, aber leider habe ich ihn nie zuvor gesehen."

„Das ist schade", bemerkte ich ein wenig enttäuscht. „Vielleicht könnten Sie mir aber doch noch nützlich sein. Zum Beispiel, wenn Sie mir angeben würden, wohin Sie den Mann gefahren haben."

„O ja", grinste er, „das könnte ich schon, weshalb sollte ich es aber tun?"

Ich nahm einen Louisdor aus der Tasche und schob ihm das Geldstück zu. „Da haben Sie meine Antwort. Und wenn Sie mir helfen ausfindig zu machen, was ich wissen möchte, folgt noch mehr."

„Hängt's mit der Polizei zusammen?" fragte er vorsichtig, jedoch schon alle Vorteile erwägend, die ihm aus diesem Handel erwachsen konnten.

„Nein", beruhigte ich ihn. „Die Polizei hat nichts damit zu schaffen. Es ist nur meine eigene Privatangelegenheit."

„Gut", entschied er sich, den Louisdor ruhig einsteckend, „ich will Ihnen alles sagen, was ich weiß. Der Herr ließ sich erst nach dem Café Madrid fahren. Dort angekommen, befahl er mir zu warten und ging ins Haus. Drinnen an einem der Tische saß ein Mann, der auf ihn gewartet zu haben schien, denn er sprang gleich auf, als er den anderen sah. Sie kamen zusammen heraus und sprachen sehr aufgeregt in irgendeinem Kauderwelsch, das ich nicht verstand. Mein Fahrgast nahm ein Bündel Papiere aus der Tasche, sah sie zwei-, dreimal durch, stampfte dann mit dem Fuß und fluchte fürchterlich. Der andere fing auch an, und ich dachte schon, es gäb' 'nen Krawall. Plötzlich deutete der erste auf meinen Wagen; sie stiegen hastig ein, und ich mußte sie nach dem Boulevard Voltaire Nr. 49 fahren."

„Blieben sie dort?“

„Ja; sie entließen mich, und ich fuhr heim.“

„Würden Sie die Männer wiederkennen?“

„Jawohl – unter tausenden. Wie sie sich da auf dem Pflaster stritten, hatt' ich ja Zeit genug, sie mir anzusehn. Interessierte mich schließlich auch. Dem einen fehlte ein Papier in seinem Bündel – das merkte ich deutlich und dacht' bei mir: Er meint, er hat's zu Hause liegen gelassen und nimmt nun den andern mit, um's dort zu suchen.“

„Demnach wohnt also der erstere am Boulevard Voltaire Nr. 49?“

„Stimmt!“ nickte der Chauffeur.

„In einer möblierten Wohnung?“

„Jedenfalls.“

Ich überlegte einen Augenblick. „Mich dünkt“, sagte ich dann, „es müßte gar nicht so schwer sein, ihn zu beobachten und seinen Namen zu erfahren.“

„Ist's nicht spaßig“, lachte der Chauffeur. „Mein Schwager ist grad in dem Hause Portier.“

„So?“ rief ich erfreut aus. „Dann können Sie mir ja leicht helfen.“

„Hm – weiß nicht“, entgegnete er zögernd. „Die Sach ist die – er und ich haben uns vor ein paar Monaten gezankt und verkehren nun nicht mehr miteinander. Wenn ich mich bei ihm blicken ließe, würd' er mich einfach 'rauswerfen.“

„Wie schade! Er ist doch aber der Mann Ihrer Schwester?“

„Ja.“

„Na – und sind Sie mit der auch verzankt?“

„O nee!“

„Dann könnten Sie's doch einrichten, sich irgendwo zu treffen?“

„Hab' grad dran gedacht", nickte er mit so verschmitztem Gesicht, daß ich leicht merkte, was in ihm vorging.

Kurz entschlossen öffnete ich meine Brieftasche und legte zwei Hundertfrankscheine auf den Tisch.

„Nun", sagte ich in geschäftsmäßigem Ton, „haben Sie Lust, einen ehrlichen Handel mit mir abzuschließen?"

„ Parbleu! Ja!" erklärte er eifrig.

„Gut. Hier gebe ich Ihnen meine Adresse. Ich bin Rechtsanwalt in London, und es ist nichts an der Sache, was Sie schädigen könnte. Nur aus Privatgründen möchte ich Näheres über diesen Mann erfahren."

„Verstehe, mein Herr", nickte er.

„Unglücklicherweise", fuhr ich fort, „muß ich noch heute abend nach London zurück. Ich weiß zwar die Nummer Ihres Wagens, doch das genügt mir nicht. Wollen Sie mir Ihren Namen und Ihre Adresse angeben?"

„Sehr gern!" erwiderte er. „Warum sollte ich es nicht?" Er suchte eine Weile in seinen Taschen herum und brachte schließlich ein stark zerdrücktes Kuvert zum Vorschein, das er mir über den Tisch reichte. Ich las die Adresse:

Jean Vialle,
Rue St. Nicholas 13
Rue du Faubou St. Antoine.
Paris.

„Das ist die Handschrift meiner alten Mutter", erklärte er, „und wenn ich das da vor mir habe, tu' ich nichts Unredliches." Dabei bekreuzte er sich.

Er hatte wirklich ein ehrliches Gesicht, und so entschloß ich mich, den Handel zu riskieren.

„Gut", sagte ich, „Sie sollen zu dem Louisdor noch diese zweihundert Franken erhalten, die Sie nach Belieben mit Ihrer Schwester teilen mögen.

Wenn Sie den Auftrag, den ich Ihnen geben werde, zu meiner Zufriedenheit ausführen, schicke ich Ihnen noch weitere dreihundert Franken. Was ich verlange, ist folgendes: erstens den Namen dieses Mannes, die Namen der Personen, die ihn besuchen und woher er Briefe erhält. Sollte Ihre Schwester unter seinen Sachen oder in seinem Zimmer etwas Auffallendes bemerken, so – nun Sie verstehen wohl, was ich meine?“

„Vollkommen, mein Herr!“ versicherte er.

„Vor allem möchte ich, daß der Mann scharf beobachtet wird. Das können Sie gewiß fertig bringen.“

„Läßt sich machen“, nickte er. „Hab' daheim 'nen Buben, der eben keine Stelle hat – ein ganz geriebener Junge.“

„Schön! Steht er sich gut mit seiner Tante?“

„Ausgezeichnet. Sie hat ihn wirklich sehr gern.“

„Desto besser. Beschränken Sie ihn aber nicht in bezug auf nötige Ausgaben, zum Beispiel wenn er gelegentlich einen Wagen nehmen muß oder für sonstige unvorhergesehene Fälle.“

„Ganz recht – ich verstehe.“

„Und schließlich möchte ich, daß Sie mir jeden Tag einen kurzen Bericht schicken – ob etwas vorfällt oder nicht – nur die einfachen Tatsachen. Das wird Ihnen nicht viel Zeit kosten. Also – was sagen Sie zu meinem Vorschlag. Ja oder nein?“

„Ja“, sagte er ohne Zögern. „Wer mir so 'n Vertrauen schenkt wie Sie – und 's gibt nicht viele, die einem Pariser Chauffeur trauen – warum – weiß ich nicht – gegen den bin ich auch ehrlich. Was Sie verlangen, soll geschehen. Mehr kann ich nicht versprechen.“

„Mehr fordere ich ja auch gar nicht“, gab ich lächelnd zurück. „Da, stecken Sie das Geld ein, und dann fahren Sie mich nach dem Boulevard Voltaire, und zeigen Sie mir das Haus Nummer neunundvierzig.“

Viel Nutzen hatte ich nicht von der Fahrt dorthin, denn das Gebäude unterschied sich durch nichts von den umliegenden; ich prägte es jedoch meinem Gedächtnis ein und kehrte dann nach dem Hotel Scribe zurück, wo ich mich von meinem neuen Bundesgenossen trennte – einem ganz tüchtigen Burschen, wie sich später zeigte.

Bisher hatte ich dem Dokument, das der mutmaßliche Baron Slavinsky im Vorhof des Grand Hotel verloren und das so rasch in meine Tasche gewandert war, noch keine Beachtung geschenkt. Als ich es jetzt näher betrachtete, fand ich, daß es in einer mir gänzlich fremden Sprache geschrieben war; selbst die Buchstaben vermochte ich nicht zu lesen. Da ich es für russisch hielt, so beschloß ich, mir unverzüglich die Adresse eines Dolmetschers zu verschaffen.

Ich begab mich deshalb ins Büro, um mich nach einem solchen zu erkundigen.

„Da können wir Ihnen dienen", erklärte der Buchhalter. „Wir haben hier einen russischen Kellner – einen sehr intelligenten Menschen. Soll ich ihn rufen lassen?"

„Schicken Sie ihn bitte in einer halben Stunde zu mir auf mein Zimmer", entgegnete ich. „Möchte erst noch packen, da ich heute abend nach London zurückfahre. Sie könnten mir das Gepäck vielleicht schon vorher an den Nordbahnhof bringen lassen."

„Mit dem größten Vergnügen, mein Herr. Ich wollte es Ihnen schon vorschlagen, denn ein Auto reicht nicht für all die Koffer aus."

Pünktlich nach einer halben Stunde – ich hatte eben das Schließen und Zuschnüren meines Gepäcks beendet – klopfte es an der Tür, und ein sehr blonder, glattrasierter junger Mann trat ein.

„Ich hörte, mein Herr", sagte er sich verbeugend, „daß Sie etwas aus dem Russischen übersetzt haben möchten."

„Wenn es Russisch ist", erwiderte ich. „Sie werden das jedenfalls gleich sehen."

Ich reichte ihm das Blatt Papier, doch kaum hatte er die ersten zwölf Zeilen gelesen, als er, alle Höflichkeit beiseite setzend, mit bleichem Gesicht hervorstieß: „Warum zeigen Sie mir das?“

Ärgerlich über sein unpassendes Benehmen entgegnete ich in hochfahrendem Ton: „Einfach, weil ich eine Übersetzung davon wünsche.“

„So wissen Sie also nicht – –“

„Ich weiß absolut nicht, was darin steht“, unterbrach ich ihn kurz, „sonst hätte ich es nicht nötig, daß Sie es mir übersetzen. Begreifen Sie das nicht?“

„Verzeihen Sie“, gab er mit gedämpfter Stimme und in fließendem Englisch zurück, „aber dieses Dokument verursachte mir einen großen Schrecken, und Sie können Gott danken, daß Sie den Inhalt nicht kennen. Wie in aller Welt, wenn ich die Frage stellen darf, sind Sie in den Besitz des Dokumentes gelangt?“

„Sehr einfach. Ich fand es gestern abend im Vorhof des Grand Hotel. Weshalb zögern Sie, mir zu sagen, was es enthält?“

Der Russe schüttelte energisch den Kopf. „Ich wage es nicht. Es ist zu schrecklich, um in Worten ausgedrückt zu werden. Wäre dies Papier durch Zufall bei Ihnen gefunden worden, so hätte Ihr Leben nur noch an einem Faden gehangen!“

Das klang wenig erbaulich. Außerdem befremdete mich die Sprache und das Benehmen dieses Kellners, der mir nur dem Namen nach Kellner zu sein schien, zumal er ganz ersichtlich ein Mann von Bildung war. Im stillen bedauerte ich jetzt, mich nicht gleich an einen richtigen Dolmetscher gewandt zu haben.

„Vorläufig gehört mir das Blatt“, erwiderte ich auf seine letzten Worte. „Wenn Sie es mir nicht übersetzen wollen, so geben Sie es mir zurück.“

Er hatte es inzwischen zu Ende gelesen und händigte es mir ohne Widerrede ein. „An Ihrer Stelle“, bemerkte er dazu, „würde ich es nicht bei mir tragen. Sie täten besser, es zu verbrennen oder –“ Er hielt einen

Augenblick inne und fuhr dann rascher fort: „Da Sie den Inhalt nicht kennen, es somit keinen Wert für Sie haben kann, so wüßte ich eine vorteilhaftere Art, das gefährliche Dokument loszuwerden."

„Wieso?"

„Ich kenne zufällig einen Mann, der Ihnen sofort zwölftausendfünfhundert Franken – das sind fünfhundert Pfund nach Ihrem Gelde – dafür zahlen würde."

„Oho", fuhr ich ihn an, „Sie sind gar kein Kellner. Ihre Redeweise, Ihr ganzes Wesen verrät Sie. Sie sind ein –"

„Still, still!" unterbrach er mich, die Hand erhebend. „Ihre Ansicht ist falsch. Ich bin kein russischer Spion, obgleich ich offen bekenne, daß ich auch kein Kellner bin und diese Rolle hier nur aus besonderen Gründen spiele." Er schwieg nachdenklich, dann sah er mich mit einem Blick an, wie ich ihn noch nie bei einem Menschen gesehen. „Wenn ich wüßte", murmelte er halblaut, „wenn ich wirklich wüßte –"

„Wenn Sie was wüßten?" fragte ich begierig. „Heraus mit der Sprache."

„Wenn ich wüßte, daß man Ihnen vertrauen könnte."

„In welcher Hinsicht?" warf ich ein. „Sie sprechen außerordentlich gut englisch. Sagen Sie mir also ohne Umschweife, was Sie eigentlich meinen. Ich habe ein gewisses Dokument in Händen, für das irgendein Freund von Ihnen an der Straßenecke bereitwillig fünfhundert Pfund zahlen würde. An diesen ›Freund‹ glaube ich nun nicht, habe auch nicht die Absicht, das Papier zu verkaufen. Immerhin könnte ich geneigt sein, auf einen Handel mit Ihnen einzugehen, wenn Sie imstande wären, mir eine bestimmte Auskunft zu geben, an der mir viel gelegen ist."

„Warten Sie. Ich habe nämlich triftige Gründe anzunehmen, daß dieses Papier, dem Sie eine so große Wichtigkeit beimessen, im Grand Hotel von einem gewissen Baron Slavinsky verloren wurde."

Die Wirkung dieser Worte auf den Pseudokellner war überraschend. Mit einem Ausruf, der wie ein unterdrückter Fluch klang, packte er meinen Arm, indem er mit einem von Wut oder heftiger Leidenschaft verzerrten Gesicht hervorstieß: „Wissen Sie das genau?“

„Lassen Sie gefälligst meinen Arm los“, erwiderte ich kaltblütig. „Ich denke, wir setzen uns lieber. Meine Entdeckung scheint einen ernsten Anstrich zu erhalten.“

„Ja, sehr ernst“, nickte er.

„Nun“, begann ich, „bevor ich Ihnen eine einzige Frage beantworte, will ich wissen, wer Sie sind. Sie haben Ihre Verkleidung schon halbwegs abgeworfen, jedoch nicht genügend, um mir unbedingtes Vertrauen einzuflößen. Hier ist mein Name und meine Adresse“, fuhr ich fort, indem ich meine Karte auf den Tisch warf. „Ich verlange ein gleiches Vertrauen von Ihnen, denn nur unter dieser Bedingung können wir weiter miteinander verhandeln.“

Er griff nach der Karte, warf einen Blick darauf und starrte mich dann mit weitgeöffneten Augen an.

„Wie?“ stotterte er. „Sie sind –“

„Frank Bracebridge“, ergänzte ich. „Weshalb stieren Sie mich so an?“

Mit gewaltsamer Anstrengung suchte er sich zu beherrschen. „Ich las in den Zeitungen über einen seltsamen Vorfall, bei dem Ihr Name genannt wurde. Vielleicht ist das nur ein zufälliges Zusammentreffen.“

„O nein, durchaus nicht“, widersprach ich. „Vermutlich spielen Sie auf einen Bericht an, in dem es hieß, daß kürzlich eine Dame mir ihren Koffer anvertraute, in welchem eine Leiche gefunden wurde, die ich anfangs für einen nahen Verwandten von mir hielt.“

„Richtig“, stimmte er zu. „Der Fall erschien sehr merkwürdig. Halten Sie die Dame für schuldig?“

„Nein. Solange man mich nicht durch unleugbare Beweise vom Gegenteil überzeugen kann, werde ich nie glauben, daß die Baronin an diesem verabscheuungswürdigen Verbrechen beteiligt war.“

Der Pseudokellner schaute mich verdutzt an. „Sind Sie schon früher mit ihr zusammengetroffen?“ fragte er.

„Ja. Auf der Fahrt nach Calais sahen wir uns zum erstenmal wieder, nachdem ich sie vor einem Jahre in Baden-Baden aus der Gewalt des Mannes befreite, der dieses anscheinend so wertvolle Dokument gestern abend im Grand Hotel verlor. Der Schurke, den ich damals niederschlug, war, wie sie mir unterwegs erklärte, ihr Gatte und –“

Ehe ich fortfahren konnte, ereignete sich etwas Seltsames. Der Pseudokellner sprang ungestüm auf und wäre mir sicher um den Hals gefallen, wenn ich ihn nicht zur Seite geschoben hätte.

„Was soll das heißen!“ fuhr ich ihn ziemlich barsch an.

„Ach, mein Herr“, rief er in leidenschaftlichem Ton, „erlauben Sie mir wenigstens, Ihnen die Hand zu drücken. Jene Dame steht mir sehr nahe und ist mir überaus teuer. Ich kenne die ganze Sache und bin überzeugt, daß der Schuft sie an jenem Abend ohne Ihre Dazwischenkunft ermordet hätte.“

Jetzt war die Reihe des Erstaunens an mir.

„Ist sie wirklich die Frau dieses Mannes?“ fragte ich.

„Leider ja.“

„Der Fall wird immer rätselhafter“, sagte ich kopfschüttelnd. „Eben wegen der Dame, die Ihnen, wie Sie erklären, so nahesteht, wollte ich mit Ihnen unterhandeln. Es wäre natürlich indiskret von mir, die Art Ihrer Beziehungen wissen zu wollen – aber – –“

„Augenblicklich kann ich es Ihnen wirklich nicht sagen“, unterbrach er mich ernst. „Sie dürfen mir jedoch glauben, daß dieselben völlig harmloser Natur sind.“

Etwas in seinem Wesen überzeugte mich, daß er die Wahrheit sprach.

„Ich nehme Ihre Versicherung auf Treu und Glauben an“, erwiderte ich daher. „Mir liegt viel daran, das Geheimnis aufzuklären, weil ich persönlich die Dame für unschuldig halte und es unzweifelhaft erwiesen ist, daß ich an der Sache nicht beteiligt war. Mein Erscheinen vor Gericht wird nur noch eine Formalität sein. Unbegreiflich bleibt mir ja noch manches – zum Beispiel das geheimnisvolle Verschwinden der Baronin in Calais. Haben Sie eine Ahnung, wo sie sich aufhält?“

„Ich wünschte, ich wüßte es“, entgegnete er mit ehrlicher Besorgnis, „denn ihr Leben schwebt in höchster Gefahr. Vielleicht ist sie aber schon gewarnt worden – möglicherweise durch das Telegramm, das sie in Calais erhielt. Bis zu dem Augenblick, als Sie mir das Dokument zeigten, ahnte ich nichts von der Gefahr, die ihr droht.“

„Bezieht sich denn das Papier auf sie?“

„Ja und auf einen anderen. Ah, dieser andere!“

Er hielt inne, und wieder traf mich einer seiner durchdringenden Blicke. „Da ich jetzt sicher bin, daß ich Ihnen trauen darf, Herr Bracebridge“, sagte er dann, „so will ich offen gegen Sie sein, soweit es mir gewisse Verpflichtungen erlauben. Den Zweck meiner Anwesenheit in Paris kann ich Ihnen nicht mitteilen – es würde Sie auch wenig interessieren. Selbst meinen Namen muß ich Ihnen noch verschweigen – wenigstens für kurze Zeit. Sie haben mir in doppeltem Sinne einen unschätzbaren Dienst geleistet, aber vorläufig darf ich mich nicht näher aussprechen. Der Hotelwirt weiß, wer ich bin und weshalb ich mich hier aufhalte. Für alle übrigen bin ich nur ein Kellner. Morgen jedoch – und das danke ich Ihnen – werde ich diese Rolle aufgeben. Das erinnert mich wieder an das Schriftstück, das Sie in der Tasche haben. Auch darüber will ich offen mit Ihnen reden. Ich bot Ihnen vorhin fünfhundert Pfund, nicht wahr?“

„Ja.“

„Sie weigerten sich aber, sie anzunehmen?“

„Und weigere mich auch jetzt noch.“

„Ganz recht. Erlauben Sie mir jedoch, Ihnen zu sagen, daß, wenn Sie Paris verlassen hätten, ohne daß ich Ihren Namen und den großen Dienst, den Sie der Baronin in Baden-Baden leisteten, erfahren hätte, das Dokument dennoch binnen vierundzwanzig Stunden in meinen Händen gewesen wäre. Ich hätte die fünfhundert Pfund dann gar nicht zu zahlen brauchen. Verstehen Sie mich? Allein, ich handelte ehrlich und bot Ihnen eine beträchtliche Summe dafür."

„Da sich die Verhältnisse jetzt aber geändert haben", fiel ich rasch ein, „und Sie mir sagten, das Dokument sei von Wichtigkeit für die Baronin – "

„Und für einen anderen", unterbrach er mich. „Wenn Sie das wüßten!"

„Ich bin nicht neugierig", versicherte ich. „Im Interesse der Baronin also gebe ich Ihnen das Papier freiwillig heraus." Mit diesen Worten reichte ich es ihm.

„Das sollen Sie nie zu bereuen haben", sagte er warm. „Den Dank dafür werden Sie seinerzeit von einer Seite erhalten, die Sie sehr überraschen wird. Inzwischen will ich versuchen, den Aufenthalt der Baronin in Erfahrung zu bringen. Was den Baron Slavinsky anbetrifft, so genügt es mir, zu wissen, daß er hier und daß dieses kleine Schriftstück in meinem Besitz ist. Doch nun muß ich gehen", unterbrach er sich: „meine lange Abwesenheit könnte auffallen. Speisen Sie heute hier?"

Ich verstand die Bedeutung seiner Frage und erwiderte ohne Zögern: „Ja, gewiß."

Er nickte zufrieden. „Gut, Sie sollen sehen, wie ausgezeichnet ich meine Rolle als Kellner spiele. Ich bediene an dem Tisch Nr. 27."

Wir drückten uns die Hand, und dann war er verschwunden. Als ich bald darauf das Hotel verließ, kam der Buchhalter im Treppenhaus auf mich zu: „Hat der Kellner Ihnen die Übersetzung gemacht, mein Herr?" fragte er mich.

„Jawohl", nickte ich. „Er ist in der Tat ein recht intelligenter Mensch. Möchte Ihnen noch sagen, daß ich heute abend hier speise. Reservieren Sie mir gefälligst einen Platz an seinem Tische."

Der Buchhalter schaute auf eine Karte. „Das ist der Tisch Nr. 27. Ganz recht, mein Herr, werde es besorgen."

10.

Während ich noch ein Stündchen ziellos über die Boulevards schlenderte, fragte ich mich wieder und wieder, ob ich recht gehandelt hatte, diesem geheimnisvollen Kellner, der gar kein Kellner war, ein so hochwichtiges Schriftstück überlassen zu haben.

Allerdings hatten mich nicht nur seine Worte, sondern auch seine ganze Erscheinung und sein Verhalten sehr für ihn eingenommen. Auch seine Dankbarkeit für den geringen Dienst, den ich der Baronin in Baden-Baden geleistet, trug dazu bei, jeden Argwohn in mir zu ersticken. Trotzdem erschien die Sache sonderbar genug. Wer war dieser Mann und in welchem Verhältnis stand er zu der Baronin?

Statt Aufklärung zu finden, geriet ich in immer neue Verwicklungen, drängten sich mir Fragen auf, die ich mir nicht zu beantworten vermochte. Nur eines stand fest – daß Slavinsky wirklich der Gatte der Baronin war; doch damit fiel auch meine Theorie, Reginald sei zum Mörder geworden, wie ein Kartenhaus zusammen.

„Hol's der Kuckuck!“ murmelte ich vor mich hin. Diese Geschichte konnte mich noch um den Verstand bringen! Wozu sollte ich mir aber schließlich beständig den Kopf darüber zerbrechen? Einmal muß ja doch alles ans Licht kommen. Überdies war dieser sogenannte Kellner scharf dahinter und würde die Sache nicht auf sich beruhen lassen. Es war auch vielleicht besser, daß er das Dokument in Händen hatte. Da es ein so gefährliches Ding sein sollte, hätte ich mich am Ende schön hineingerannt, wenn ich zu einem anderen Dolmetscher gegangen wäre, und ich hatte gerade genug Ärger gehabt. Hoffentlich war ich nun aus dem Ärgsten heraus.

So philosophierend, gelangte ich zu einem Café an der Ecke der Rue Royale, gegenüber der Madeleinekirche. Hier machte ich halt, ließ mich an einem der kleinen Tische nieder und zündete mir eben eine Zigarre an, als ich hinter mir jemand auf englisch sagen hörte: „Kanntest du nicht diesen Bracebridge in Oxford?“

Ich spitzte die Ohren und horchte gespannt.

„Jawohl“, lautete die Antwort. „Der arme Kerl! Ich glaube, er konnte nichts dafür, denn er war im Grunde ein ganz guter Junge, aber in seinem Gehirn muß etwas nicht richtig gewesen sein. Er tat alles verkehrt und brachte sich dadurch in zahllose Ungelegenheiten, so daß er zuletzt von der Universität relegiert wurde. Denke dir nur, was er anstellte: am Begräbnistag seines Vaters hatte er eine Kartengesellschaft bei sich veranstaltet.“

„Eine sehr gefühllose Handlungsweise!“

„Aber äußerst charakteristisch für ihn. Ich meinesteils habe nie herausgebracht, ob er überhaupt ein Herz besaß oder nicht. Seine moralischen Fähigkeiten wiesen jedenfalls einen Defekt auf. Trotzdem hatte er seine guten Seiten, und ich verkehrte ganz gern mit ihm. Habe ihm mehr als eine Sittenpredigt gehalten; er lachte mich aber einfach aus. Nach dem Tode seines Vaters hoffte er, sein Leben in vollen Zügen genießen zu können, da er ein riesiges Vermögen geerbt hatte. Ganz unerwartet jedoch hatte sein Vater nun testamentarisch die Verfügung getroffen, daß der Sohn bis zu seinem fünfundzwanzigsten Jahre keinen Pfennig erhalten solle, außer durch den Testamentsvollstrecker. Das war ein hartköpfiger Rechtsanwalt, ein Vetter Reginalds, der die Befugnis hatte, dem armen Jungen so viel oder so wenig zu geben, als ihm beliebte.“

„Sehr harte Bestimmung.“

„Das finde ich nicht. Hätte der ihn nicht in Schach gehalten, wäre von der Million wohl nicht mehr viel übriggeblieben.“

„Hielt der Rechtsanwalt ihn sehr knapp?“

„Allerdings. Einmal gab er ihm gar keinen Zuschuß mehr, aber Reginald machte sich nichts daraus und ging einfach zu den Wucherern und Geldverleihern. Von ihnen konnte er so viel erhalten, als er wollte. Auch die Juweliere des Westends gewährten ihm unbeschränkten Kredit, und es war wirklich sündhaft, wie er hier in Paris mit Goldstücken und Diamanten um sich warf. Betrüger aller Art, Männer und Frauen, beraubten den einfältigen Jungen auf alle Weise. Jedes Wort der Ermahnung von meiner Seite war in den Wind gesprochen, und aus reinem Mitleid schrieb ich schließlich – was ich noch nie getan hatte – einen anonymen Brief an seinen Vormund, dem ich riet, sofort nach Paris zu kommen und den Leichtfuß in seine Obhut zu nehmen."

„Kam er?"

„Was für eine Frage! Du weißt doch selbst, daß er kam. Hast ja die ganze Geschichte in der ›Times‹ gelesen, wie du mir sagtest."

„Ah, richtig! Führt denselben Namen, nicht?"

„Ja."

„Traf auf der Rückfahrt mit einer Frau zusammen?"

„Stimmt."

„Die ihm einen Koffer aufhängte, der die sterblichen Überreste des Verschwenders enthielt?"

„Du wirst wirklich langweilig, Dick! Wir haben ja die ganze Zeit davon gesprochen."

„Ach ja! Und er hat den armen Jungen wahrscheinlich umgebracht. Ein abgekartetes Spielchen zwischen ihm und der Frau, die Million mit ihr zu teilen. Was?"

„Dummheiten!"

„Warum?"

„Weil du immer solch verrückte Schlüsse ziehst. Ich verschwende wirklich nur meinen Atem mit dir. Laß uns lieber von Krokodilen, von der Sandsteinperiode oder der Sintflut reden."

„Nur nicht so aufgeregt, alter Freund!"

„Nun ja. Hast doch selber das Thema aufgebracht und gesagt, du habest alles über die Geschichte in der ›Times‹ gelesen."

„Das war richtig."

„Na, dann mußt du doch gesehen haben, daß die Aussagen des Rechtsanwalts von den Scotland Yard-Beamten vollauf bestätigt wurden.

Warum sollte er, als er auf meine Veranlassung nach Paris kam, seinen Vetter erschlagen? Ich kann es mir noch nicht verzeihen, daß ich ihm den Brief schrieb. Man hat manchmal die besten Absichten und richtet doch nur Unheil an. Hätte ich nicht den Brief geschrieben, wäre der Ärmste nie vor Gericht gekommen. Was muß das peinlich für ihn gewesen sein! Ich könnt' ihm gar nicht ins Gesicht sehen – –."

Ich wandte mich plötzlich nach dem Sprecher um. „Nehmen Sie die Sache nicht so tragisch", redete ich ihn an. „Obgleich ich Sie nicht persönlich kenne, danke ich Ihnen doch, daß Sie in so freundlicher Weise von mir gesprochen haben. Ich bin nämlich derjenige, den Sie so ritterlich in Schutz nahmen."

„Sind Sie Herr Bracebridge?" stammelte der junge Engländer, indem ihm das Blut heiß ins Gesicht stieg.

„Das ist mein Name", entgegnete ich mit beruhigendem Lächeln. „Der anonyme Brief, den Sie erwähnten, befindet sich in meiner Brieftasche. Ganz zufällig habe ich Ihr Gespräch gehört."

„Das tut mir leid", sagte er, seine Fassung wiedergewinnend.

„Hoffentlich sagten wir nichts, was – – –"

„Nicht das Geringste", fiel ich rasch ein. „Im Gegenteil, ich habe mich gefreut, in Ihnen einen so eifrigen Verteidiger gefunden zu haben. Was die Vermutung Ihres Freundes, ich hätte meinen leichtsinnigen Verwandten aus dem Wege geräumt, anbetrifft – – –"

„Oh, ich bitte tausendmal um Entschuldigung!" unterbrach mich der andere junge Mann, indem er seinen Hut abnahm. „Es war eine dumme Bemerkung. Ich weiß auch gar nicht, wie sie mir entschlüpft ist."

„Sprechen wir nicht mehr davon", wehrte ich ab. „Erlauben Sie mir aber, Ihnen mitzuteilen, daß ich mich bei der Totenschau geirrt habe. Obgleich die Leiche meinem Vetter sehr ähnlich sah, war er es doch nicht. Mehrere Personen begingen denselben Irrtum wie ich; inzwischen hat sich die Sache aber aufgeklärt und wird bei der nächsten Verhandlung berichtigt werden."

„So lebt Reginald noch?“ rief der erste Sprecher, in dessen Augen sich die hellste Verwunderung spiegelte.

„Leider, nein!“ erwiderte ich, indem ich ein Exemplar der „ Indépendance belge“ aus der Tasche zog und auf einen blau angestrichenen Artikel deutete. „Lesen Sie das – es wird Ihnen alles erklären. Seine Leiche ist bereits in England und wird in einigen Tagen auf dem alten Friedhof bei Twyford Hall begraben werden.“

Schweigend las der junge Mann den Artikel durch, dann reichte er seinem Freunde das Blatt.

„Es tut mir leid um ihn“, sagte er, zu mir gewandt, „allein, es ist besser so.“

„Viel besser!“ stimmte ich bei. „Und nun, denke ich, könnten wir uns wohl gegenseitig vorstellen.“

Nachdem mir der junge Mann seinen Namen und seine Adresse – „Charles Greville, Lancaster Gate in London“ – gegeben hatte, fuhr ich fort: „Aus Ihrem Brief sowie aus dem Gespräch, das Sie vorhin führten, darf ich wohl entnehmen, daß Ihnen einige der Damen, mit denen Reginald hier verkehrte, wenigstens dem Ansehen nach bekannt waren.“

Er überlegte einen Augenblick; dann erwiderte er: „Soviel ich weiß, waren es recht lockere Vögel; nur zuletzt ging er höher hinauf, das heißt, er hing sich an eine russische Gräfin. Den Namen der Dame kenne ich nicht, aber er stellte mir einmal ihre Jungfer vor, die, wie mir schien, die Zwischenträgerin spielte und – gütiger Himmel! Das ist sie ja!“ unterbrach er sich plötzlich, indem er auf eine junge, übertrieben elegant gekleidete Person deutete. Sie war kaum ein Dutzend Schritte von uns entfernt und wollte eben ein Auto besteigen.

„Wie heißt sie?“ fragte ich hastig.

„Ihr Name ist mir entfallen“, entgegnete Greville, in seinem Gedächtnis suchend. „Margot – Fifine – Mimi – nein, das ist es nicht. Ah, jetzt habe ich's – Susanne heißt sie.“

Blitzschnell stürzte ich vorwärts, doch bevor ich die Stelle erreichte, war der Wagen schon um die Ecke verschwunden.

„Solch ein Pech!“ brummte ich verdrießlich vor mich hin, indem ich langsam zu den jungen Leuten zurückkehrte. „Hätte zwanzig Pfund gegeben, wenn es mir gelungen wäre, die interessante kleine Dame zu sprechen. Es liegt mir sehr viel daran, Näheres über diese Person zu erfahren, Herr Greville“, wandte ich mich zu diesem. „Könnten Sie mir vielleicht behilflich sein?“

„Gewiß!“ entgegnete er bereitwillig. „Ich halte es sogar für meine Pflicht und werde sofort Erkundigungen einziehen. Einige meiner Freunde sind mit ihr bekannt – – es wird mir also nicht schwer fallen, Auskunft über sie zu erlangen. Soll ich Ihnen nach London schreiben?“

„Ja, bitte, denn ich reise schon heute abend dorthin zurück.“

Ich verabschiedete mich von den beiden und kehrte in mein Hotel zurück.

Das Diner war vorzüglich. Der geheimnisvolle Russe bediente mich mit der Gewandtheit eines gelernten Kellners, hütete sich aber wohl, sich in irgendeiner Weise mir gegenüber zu verraten. Nur als er mir nach aufgehobener Tafel den Hut reichte, flüsterte er leise: „Alles ist in Gang!“ Dabei schoß ein Blick aus seinen Augen, der nichts Gutes für den Baron Slavinsky verkündete.

Nachdem ich mein Gepäck befördert und meine Rechnung bezahlt hatte, rauchte ich noch eine Zigarette im Vestibül, als der Portier auf mich zutrat.

„Draußen ist ein Chauffeur, der Sie zu sprechen wünscht, mein Herr“, sagte er.

Ich ging auf die Straße hinaus. Wie ich erwartet hatte, kam mir Jean Vialle entgegen. „Dachte mir wohl, daß Sie mit dem Zehnuhrschnellzug fahren würden. Ich möchte Sie gern zur Bahn bringen.“

„Eine gute Idee von Ihnen!“ lobte ich. „Haben Sie Neuigkeiten?“

„Unterwegs werde ich Ihnen erzählen“, entgegnete er leise.

Wenige Minuten später stieg ich ein; und fort ging es zum Nordbahnhof.

Sobald wir in die Rue Lafayette einbogen, drehte sich Vialle zu mir um. „Habe mit meiner Schwester gesprochen“, begann er.

„Nun?“

„Ist alles abgemacht.“

„Gut!“ nickte ich. „Wissen Sie, wie der Mann heißt?“

„Jawohl. Max Kaufmann aus Wien. Er ist Musiker von Beruf.“

„Sagte das Ihre Schwester?“ fragte ich ein wenig enttäuscht.

„Gewiß. Er nannte sich so, als er sich gestern dort einmietete. Heute früh erhielt er einen Brief.“

„An Max Kaufmann adressiert?“

„Ja, und hier aufgegeben. Die Handschrift war die einer Frau. Das Kuvert warf er achtlos zur Seite. Hier ist es“, und der Chauffeur reichte mir den Briefumschlag.

„Bravo!“ lobte ich ihn. „Sie arbeiten flink.“

„Ist so meine Art“, nickte er gleichmütig.

Im Schein einer Straßenlaterne las ich die Aufschrift. Sie überraschte mich nicht wenig, denn sie zeigte deutlich Susannens Schriftzüge. Der Brief war im Quartier Les Ternes abgestempelt worden.

„Hat's Nutzen für Sie?“ fragte Vialle, sich wieder zu mir wendend.

„Ich weiß noch nicht. Werde es unterwegs im Zug näher besichtigen. Sonst noch Neues?“

„O ja. 's gab gestern abend 'nen heftigen Streit bei ihm.“

„Zwischen den beiden Männern?“

„Ja“, nickte Vialle. „Denke mir, wegen des vermißten Papiers. Sie kamen hart aneinander, die zwei. Mein Schwager mußte sie trennen. Brachte es auch fertig, denn er ist ein wahrer Herkules, und so warf er den Fremden zum Hause hinaus. Er dachte, das war' einfacher als die Polizei zu holen."

„Nun, Sie verdienen sich Ihr Geld redlich", sagte ich in scherzendem Ton.

„Ist so meine Art", schmunzelte er.

„Haben Sie mir noch etwas zu berichten?" fragte ich weiter.

„Nur noch eins: Gegen abend fuhr ich eine Frau nach einem Café in der Rue du Bac."

„Eine junge Person mit rotem Sonnenschirm?"

„ Parbleu! Ja!" nickte er überrascht.

„Fuhren Sie von der Madeleinekirche durch die Rue Royale?"

„Richtig; über die Konkordienbrücke bis zur Rue du Bac."

„Wissen Sie, wer es war?"

„Nein. Gesehen hab' ich sie aber schon."

„Traf sie in dem Café der Rue du Bac mit jemand zusammen?"

„Ja – mit diesem Max Kaufmann."

„Alle Wetter! Wie hieß das Café?"

„Café de la Régence."

„Danke. Ist das nun alles?"

„Ich meine für einen Tag genug!" lachte er.

„Ganz recht. Sie sind ein famoser Mensch, Herr Vialle!"

Er zuckte schmunzelnd die Achseln. „Ist so meine Art!"

Wir waren jetzt am Ziel, und als ich ihn bezahlte, versprach er, mir am nächsten Tag wieder Bericht zu geben – natürlich schriftlich. Nachdem ich mein Gepäck aufgegeben hatte, suchte ich mir ein Raucherabteil, denn ich empfand eine heilige Scheu, mit Damen zu reisen, die möglicherweise große Koffer bei sich führten.

Zum Glück fand ich einen leeren Ecksitz, in den ich mich behaglich zurücklehnte. Dann zündete ich mir eine Zigarre an und überließ mich meinen Gedanken.

In den letzten vierundzwanzig Stunden hatte ich mancherlei erlebt, leider aber nichts, was mich der Lösung des Rätsels näher gebracht hätte. Nur einiges – allerdings von wichtiger Natur – war aufgeklärt, nämlich, daß Susanne bis vor kurzem im Dienste der Baronin gewesen und daß Slavinsky wirklich der Gatte der schönen Russin war. Darüber hegte ich keinen Zweifel mehr, nachdem sich der Kellner im Hotel Scribe so bestimmt über den Mann ausgesprochen hatte. Max Kaufmann konnte natürlich nur ein angenommener Name sein.

Insoweit handelte es sich um feststehende Tatsachen. Auch daß Reginald der Baronin eifrig nachgestellt, ließ sich nicht bezweifeln. Alles, was ich darüber erfahren, bestätigte dies. Auf Grund der Zeugenaussagen hatte er die Russin, ihrer Einladung Folge leistend, am Abend vor ihrer Abreise besucht und dann gegen halb elf Uhr das Hotel eilig verlassen. Allerdings stand dem die bestimmte Erklärung eines anderen Zeugen entgegen, der behauptete, die Baronin sei den ganzen Abend abwesend gewesen und erst um ein Uhr nachts zurückgekehrt.

Von da ab war alles in Dunkel gehüllt. Ich sah absolut keinen Lichtschimmer, und schon wollte ich jedes weitere Nachdenken aufgeben, als mir das Briefkuvert, das Vialle mir verschafft hatte, einfiel. Ich betrachtete es sorgfältig und verglich die Handschrift mit den zwei anderen Briefen, die ich von Susanne besaß. Jeder Laie hätte sofort die Ähnlichkeit erkannt. Es waren gewisse Eigentümlichkeiten sichtbar, die man nur bei der deutschen Schrift findet, so daß ich auf die Vermutung kam, Susanne müsse aus dem Elsaß stammen.

Unwillkürlich begann ich wieder nachzudenken. Daß der Baron die Jungfer seiner Frau kannte, war nichts Auffallendes, wohl aber, daß die Person seinen falschen Namen sowie seine Adresse wußte und ihm jenseits der Seine in einem einfachen Café ein Rendezvous gab. Dahinter steckte zweifellos irgendein geplanter Schurkenstreich. Vorläufig zerbrach ich mir jedoch nicht weiter den Kopf darüber, sondern verschlief die nächsten zwei Stunden bis Calais, wohin ich in einigen Tagen zurückkehren wollte, um nach dem Verbleib der Baronin zu forschen.

Die Fahrt über den Kanal ging glatt vonstatten, und pünktlich traf der Zug in London ein.

Ein merkwürdiger Zufall fügte es, daß derselbe Zollbeamte, der mich vor kurzem hatte verhaften lassen, mein Gepäck durchsah.

„Diesmal kein Rohrplattenkoffer dabei, mein Herr?“ fragte er mit boshaftem Lächeln.

Im ersten Augenblick wollte ich ihm für diese Dreistigkeit eine derbe Zurechtweisung geben, begnügte mich aber, kurz zu erwidern: „Eilen Sie sich gefälligst. Ich habe keine Zeit, Ihre Scherze anzuhören. Mein Auto wartet auf mich.“

„Entschuldigen Sie, mein Herr“, versetzte der Beamte, seine Mütze berührend, „ich wollte Sie nicht beleidigen. Habe mich wirklich gefreut, daß Sie so glatt aus der fatalen Geschichte herausgekommen sind.“

„Schon gut!“ brummte ich, und gleich darauf fuhr ich mit dem zahlreichen Gepäck, das anstandslos durchging, meiner Wohnung zu.

Später begab ich mich nach meinem Büro und überraschte Barker nicht wenig durch die Mitteilung, daß ich mit dem nächsten Zuge nach Suffolk fahren würde, um dem Begräbnis meines Vetters Reginald beizuwohnen und von dem Gute Twyford Hall Besitz zu nehmen.

„Das geht doch nicht“, meinte er kopfschüttelnd. „Die Leichenschau ist doch noch nicht beendet und das Resultat der Sektion noch nicht bekannt. Man muß doch erst den Urteilsspruch der Geschworenen abwarten.“

„Kommt hier gar nicht in Betracht, mein Lieber“, fiel ich ein.

„Die Leiche meines Vetters ist bereits eingesargt, und noch heute treffe ich alle Vorbereitungen für sein Begräbnis.“

„Das verstehe ich nicht.“

„Natürlich verstehen Sie es nicht; aber sehen Sie, die Sache ist die: wir hatten uns alle in betreff der Leiche im Koffer gründlich geirrt. Es war gar nicht Reginald. Das Telegramm, das Sie mir brachten, meldete die Wahrheit. Er wurde in Brüssel bei einem Automobilunfall getötet.“ In kurzen Worten erzählte ich ihm nun meine Erlebnisse in der belgischen Hauptstadt. Er hörte aufmerksam zu, schüttelte aber immer noch den Kopf. „Ganz undenkbar“, murmelte er, „daß wir uns zu dritt so geirrt haben können.“

„Im ersten Augenblick erscheint das allerdings unglaublich“, gab ich zu, „allein der Geldverleiher Harris sowohl wie ich sind von unserem Irrtum überzeugt, und auch der Beamte von Scotland Yard teilt unsere Meinung – folglich muß sie wohl richtig sein.“

„Seltsam genug bleibt's doch.“

„Natürlich und die ganze Geschichte ist im höchsten Grade unangenehm.“

„Man wird die Untersuchung nun wohl fallen lassen?“ bemerkte Barker nach einer Pause.

„Ohne Zweifel. Es liegt ja nichts mehr vor. Ist wirklich ein Verbrechen geschehen, so ist es außer Landes verübt worden, geht also die englischen Behörden nichts an. Scotland Yard wird sich jedenfalls zurückziehen, und auch der Wahrspruch der Jury kann nur lauten: ›Unbekannter tot aufgefunden.‹“

„Was wird denn aber mit der Leiche im Koffer?“

„Nichts. Wir können sie nicht an die Baronin zurücksenden, weil niemand weiß, wo die Dame sich aufhält. Man muß den Toten natürlich begraben, und da er gewissermaßen noch in meiner Obhut ist, so werde ich wohl für die Kosten aufkommen müssen.“

„Glauben Sie, daß die französische Polizei sich mit dem Fall beschäftigen wird?“ fragte Barker, der sich noch nicht über die Sache beruhigen konnte.

„Möglicherweise ja, das heißt, wenn es sich ausweist. daß wirklich ein Verbrechen begangen wurde, sonst wird man die Geschichte wohl ruhen lassen. Und wir wollen das gleiche tun. Sehen Sie, Barker, ich werde mich jetzt vom Geschäft zurückziehen, und nach reiflicher Überlegung habe ich gefunden, daß ich dasselbe keinem Würdigeren übergeben könnte als Ihnen."

Barker stand sprachlos vor Überraschung. Erst nach einer Weile stammelte er: „Ah, Herr Bracebridge, das – das ist wirklich – –"

„Höchst unerwartet, nicht wahr?" ergänzte ich scherzend. „Ich habe jetzt ein großes Gut zu verwalten, das meine ganze Zeit und Aufmerksamkeit in Anspruch nehmen wird. Schenken will ich Ihnen meine Praxis ja nicht – das wäre nicht geschäftsmäßig, aber Sie sollen sie zu billigem Preis erhalten und können die Summe innerhalb fünf Jahren abzahlen. So – darüber kein Wort weiter. Sobald ich mehr Ruhe habe, wollen wir das Nähere besprechen." Ich sah auf die Uhr. „Wahrhaftig, ich muß mich eilen, sonst versäume ich den Zug."

Fünf Minuten später jagte ich in voller Hast dem Ostbahnhof zu, um meine Fahrt nach Suffolk anzutreten.

11.

Um die Mittagszeit erreichte ich den kleinen Marktflecken, der vier Meilen von Twyford Hall entfernt ist. Ich begab mich ohne Säumen zu dem Leichenbestatter Jawse in der Hochstraße. Auf der Türschwelle kam er mir entgegen. „Ich habe Sie schon erwartet, mein Herr", redete er mich an, „um die Vorbereitungen für das Begräbnis treffen zu können."

„Ist die Leiche bereits angelangt?"

„Ja, gestern abend, und da ich gerade einen schönen Eichensarg auf Lager hatte, war ich so frei, ihn gleich zu verwenden."

„Sehr recht, Herr Jawse. Ich habe es Ihnen ja überlassen, alles Nötige zu besorgen."

„Was für eine traurige Geschichte das ist, Herr Bracebridge", bemerkte der Mann. „Er war doch noch so jung. Aber das ist der Welt Lauf: heute frisch und gesund und morgen auf der Totenbahre. Ich hörte, Sie hätten das Gut geerbt."

„Jawohl. Für mich war's eine große Überraschung."

„Das glaube ich gern. Wäre mir gerade so gegangen. Wann soll ich die Leiche ins Schloß schicken?"

„Heute abend. Ich werde sie in Empfang nehmen."

„Und wann soll das Begräbnis stattfinden?"

„Lassen Sie mich überlegen! Heute ist Montag. Morgen und Donnerstag habe ich dringend in London zu tun. Sagen wir also Mittwoch um elf. In aller Stille. – Sie verstehen mich?"

„Vollkommen."

„Gut. Ich gehe jetzt nach Twyford Hall und erwarte Sie Mittwoch um halb elf."

Mit großer Höflichkeit geleitete er mich zur Tür hinaus, und ich begab mich in das nahe Wirtshaus Zum Löwen, um einen Wagen zu mieten.

Von allen Seiten wurde ich aufs ehrerbietigste gegrüßt – man merkte, daß die Leute jetzt den Millionär in mir sahen. Offen gestanden – mir war diese ungewohnte Unterwürfigkeit peinlich, es ließ sich aber nicht umgehen.

Auch im Gasthof Zum Löwen wurde ich mit der gleichen Zuvorkommenheit empfangen. Die Nachricht von meiner großen Erbschaft schien wirklich mit Blitzesschnelle durch die kleine Stadt gedrungen zu sein. Der Wirt kam mir mit tiefen Bücklingen entgegen, die Wirtin an der Tür knickste ohne Ende, und ein paar Kellner standen erwartungsvoll im Hintergrunde, wahrscheinlich von fetten Trinkgeldern träumend. Und ich war doch nur gekommen, einen Wagen zu mieten.

Angesichts all dieser höflichen Menschen blieb mir schließlich nichts anderes übrig, als ein opulentes Frühstück mit einer Flasche vom Besten zu bestellen, wodurch mein Ansehen bei den guten Leuten außerordentlich stieg.

Der Wirt spannte dann sein flinkestes Rößlein an, so daß ich die Fahrt bis Twyford Hall in verhältnismäßig kurzer Zeit zurücklegte.

Es war ein seltsames Gefühl, als ich nun zum erstenmal durch mein eigenes Parktor die breite, kiesbestreute Allee entlang zu dem säulengetragenen Portal des Herrenhauses fuhr. Während der Dauer von zwei Jahren hatte ich ja jede Woche das gleiche getan, allein heute empfand ich dabei den ganzen Hochgenuß des unbeschränkten Besitztums.

Als mein Wagen vor dem Portal hielt, merkte ich, daß auch hier schon jedermann die große Neuigkeit wußte. Nach dem Tode meines Onkels hatte ich die Zahl der Dienerschaft auf die Hälfte reduziert; es blieben aber noch genügend, um mir, dem neuen Herrn, eine Art Huldigung in der großen Eichenhalle darzubringen. Ich grüßte die Leute freundlich und wandte mich dann zu der langjährigen Haushälterin, Frau Robinson.

„Ich werde hier übernachten“, sagte ich zu ihr, „muß jedoch morgen frühzeitig nach London. Gefrühstückt habe ich bereits im Gasthof Zum Löwen, brauche jetzt also nichts. Nur möchte ich Sie einen Augenblick sprechen. Wollen Sie ins Bibliothekzimmer kommen?“

Sie folgte mir dorthin, und nachdem ich die Tür geschlossen hatte, begann ich: „Gewiß haben Sie schon einiges Nähere über den traurigen Fall erfahren, Frau Robinson?“

„Ja, gnäd'ger Herr. Man hat so allerhand gehört, weiß aber nicht, was daran richtig ist. Es heißt, der junge Herr sei auf einer Reise verunglückt und Sie hätten die Leiche gestern an Herrn Jawse geschickt.“

„Das stimmt“, entgegnete ich. „Alles andere ist leeres Gerede, dem Sie keinen Glauben schenken müssen. Ich erhielt nämlich ein Telegramm von einem Hospital in Brüssel mit der Meldung, mein Vetter sei durch ein Automobil überfahren und getötet worden.“

„Oh, diese schrecklichen Wagen!“ seufzte die würdige Frau.

„Also, man forderte mich auf, nach Brüssel zu kommen. Das tat ich auch, erkannte den armen Jungen und ließ ihn nach England überführen.

Herr Jawse wird die Leiche heute abend hierherbringen, und so möchte ich, daß Sie alles zu deren Empfang vorbereiten."

„Gewiß!" versprach sie knicksend. „Sie sind ja jetzt hier der Herr."

„Allerdings. Wie mir das gefallen wird, weiß ich noch nicht. Jedenfalls bringt solch ein Besitz große Verantwortlichkeit mit sich."

„Ganz recht, gnäd'ger Herr."

„Und ich werde mich in vielen Dingen auf Sie stützen müssen, das heißt, soweit es die Hausverwaltung anbetrifft."

Das Gesicht der Alten strahlte vor Freude. „Sie tun mir eine große Ehre an, gnäd'ger Herr", sagte sie wieder knicksend. „Ich habe Ihrem Herrn Onkel über zwanzig Jahre treu gedient und werde auch für Sie gern meine besten Kräfte einsetzen."

„Davon bin ich überzeugt, liebe Frau Robinson", nickte ich. „In einigen Wochen hoffe ich gänzlich hierher übersiedeln zu können."

„Das wäre schön, denn es ist wirklich nicht das Richtige hier, nur die Dienstboten im Hause."

„Nun, das wird schon anders werden. Vorerst muß ich an das Begräbnis meines Vetters denken. Es wird Mittwoch um elf Uhr stattfinden – ganz in der Stille, aber sorgen Sie bitte dafür, daß die Dienerschaft daran teilnimmt."

„Selbstverständlich."

„Das Ereignis kam so überraschend, und ich habe so viel zu tun, daß wohl ein Monat vergehen wird, bevor ich mich hier ruhig niederlassen kann. Was den Sarg anbelangt, so könnten wir ihn wohl bis zum Begräbnis in dem kleinen Empfangszimmer neben der Halle aufstellen."

„Wie Sie wünschen, gnäd'ger Herr."

„So – das ist vorläufig alles. Ich will noch die Runde machen; inzwischen richten Sie alles her, wie Sie es für gut finden. Und noch eins: ich werde um sieben Uhr speisen. Lawson soll nur eine Flasche mit gelbem Siegel öffnen."

„Sehr wohl, gnäd'ger Herr! Es wird gut besorgt werden.“ Und nochmals knicksend, entfernte sich die Alte.

Ich ging nun ans Telephon, rief dem Kutscher zu, einen Wagen anzuspannen, und begab mich dann langsam nach den Ställen, wo ich meinen Lieblingsgroom Dick Chatters fand.

„Sie sind ja hier der Herr, wie ich höre“, sagte er mit einem breiten Lachen, das seine lebhafte Zufriedenheit ausdrückte.

„Ja, so ist's, Dick“, entgegnete ich. „Geht manchmal sonderbar zu in der Welt.“

„Das schadet nichts, wenn's so gut ausfällt wie in diesem Fall. Sie werden gewiß ein bißchen Leben hereinbringen, gnäd'ger Herr.“

„Später vielleicht. Jetzt müssen wir erst den armen jungen Herrn begraben.“

„Ach ja. Es ist eine traurige Geschichte!“

„Sehr traurig. Das Begräbnis findet Mittwoch um elf Uhr statt. Ihr könnt alle mitgehen.“

„Natürlich, gnäd'ger Herr. Das ist doch unsere Pflicht.“

Inzwischen waren die Pferde angespannt, und ich bestieg den Wagen.

„Wohin soll ich Sie fahren?“ fragte Dick, sich auf den Bock schwingend.

„Zum Pfarrer.“

Die alte, efeuumrankte Kirche, von einem kleinen Friedhof umgeben, lag etwa zehn Minuten vom Herrenhause entfernt. Ein Dutzend strohgedeckter Hütten standen dicht zusammen und ihnen gegenüber sah man das Pfarrhaus, dessen schmaler Giebel über die Mauer emporragte, die den idyllisch stillen Garten mit seinen Sonnenblumen, seinen duftenden Rosen und summenden Insekten einschloß.

Ich traf den ehrwürdigen Herrn in seinem Tuskulum, und nachdem er mich zu der Erbschaft beglückwünscht hatte, bat ich ihn, die Familiengruft öffnen zu lassen, um die sterblichen Überreste meines

Vetters beisetzen zu können. Auch wünschte ich, er möge die Einsegnung der Leiche am Mittwoch in der Kirche vornehmen. Er versprach mir, für alles zu sorgen, und dann verabschiedete ich mich von ihm, besuchte die nahe liegenden Meiereien, die zum Gute gehörten, und hatte eine lange Besprechung mit dem sehr tüchtigen Inspektor. Erst gegen sechs Uhr kehrte ich nach Hause zurück.

Als ich durch das Parktor fuhr, stand der Postbote mit einem Telegramm in der Hand bei der Pförtnersfrau.

„Hallo“, rief ich ihm zu, „für wen ist das?“

„Für Herrn Frank Bracebridge“, lautete die Antwort.

„Geben Sie es mir her!“ Ich griff nach der Depesche, öffnete sie rasch und sah, daß sie von Barker war.

„Heute nachmittag“, so las ich, „kam Brief vom Grand Hotel Brüssel mit folgendem Telegramm aus Berlin für R.: ›Nicht herkommen. Zu gefährlich. Verlaß Brüssel sofort. Geh nach Lausanne. Poste restante. Titi.‹

Barker.“

„Was soll das nun wieder bedeuten?“ dachte ich bei mir, das Blatt in die Tasche steckend.

„Etwas Unangenehmes?“ fragte Dick, der mein Gesicht beobachtet hatte.

„Nein; nur eine kleine Überraschung.“

Ich ließ mir aber durch dieselbe den Appetit nicht verderben und tat dem Chambertin mit dem gelben Siegel sowie Frau Robinsons Küche alle Ehre an. Trotzdem verlief das Mahl für mich begreiflicherweise sehr langweilig.

Das große, düstere Speisezimmer mit den altersgeschwärzten Wänden, dem gänzlichen Mangel an helleren Farben, bedrückte mein Gemüt. Wie sollte ich hier existieren können, nur auf den Umgang mit Frau Robinson und dem alten Lawson angewiesen?

Wie ganz anders war mein behagliches Junggesellenheim in London und der gemütliche Klub am Strand, wo ich stets angenehme Gesellschaft finden und meine Pfeife in animiertem Freundeskreise rauchen konnte!

Zum Glück verscheuchte der edle Burgunder allmählich die melancholische Stimmung, die mich befallen hatte. Ich malte mir die genußreichen Spazierfahrten durchs Land mit meinem braven Dick aus, und ich sagte mir, daß ich auf Tage und Wochen meine Freunde mit ihren Frauen bei mir zu Gast sehen und mir schließlich auch noch ein Automobil zur Unterhaltung anschaffen konnte. Zwischen diese angenehmen Bilder drängte sich jedoch hartnäckig immer wieder die Depesche aus Berlin. Was konnte sie bedeuten? Wer war Titi? Zuerst hieß es: Bibi – damit war natürlich Reginald gemeint. Aber Titi! Das interessierte mich. War es ein Mann oder eine Frau? Und weshalb wurde Reginald von Berlin aus gewarnt und aufgefordert, sich ohne Säumen nach Lausanne zu begeben?

Immer neue Steine legten sich mir in den Weg, allein, so überdrüssig ich auch der ganzen Sache war, ich hielt es dennoch für meine Pflicht, ihr auf den Grund zu gehen. Und – nicht zu vergessen – die Baronin! Was ich auch anstellen mochte, meine Gedanken beschäftigten sich stets von neuem mit der schönen Frau, die einen solchen Zauber auf mich ausgeübt. Mehr denn je war ich entschlossen, ihren Aufenthalt auszuspüren, sobald ich Herr meiner Zeit sein würde, und dann hatte ich wenigstens für einige Wochen keine Langeweile zu befürchten.

Nach beendetem Mahl begab ich mich in die Bibliothek, wohin ich mir von Lawson den Kaffee bringen ließ. Ich schloß die Fenstervorhänge und streckte mich behaglich in einem Sessel aus, nachdem ich meine geliebte Pfeife in Brand gesetzt hatte. So war es ganz gemütlich, nur vermißte ich die gewohnte Zeitung. In Ermangelung derselben nahm ich ein Buch zur Hand, dessen Inhalt mich jedoch so wenig interessierte, daß ich bald einschlief.

Ein lautes Klopfen an die Tür schreckte mich aus meinem Schlummer aus.

„Wer ist da?“ rief ich. „Herein!“

„Ich bin es, gnädiger Herr!“ sagte Frau Robinson, indem sie leise eintrat. „Verzeihen Sie, daß ich störe, aber soeben hat Herr Jawse mit seinen Leuten den Sarg gebracht.“

„Schon recht“, erwiderte ich ein wenig verstimmt. „Ich sagte Ihnen ja bereits, was Sie tun sollten.“

„Allerdings; aber ich dachte, Sie würden es vielleicht wissen wollen und – –“

„Ich bin wirklich zu müde, Frau Robinson“, wehrte ich ab. „Spüre jetzt erst so recht die Aufregungen der letzten Zeit. Sie begreifen das, nicht wahr?“

„Gewiß!“ nickte die Alte teilnehmend.

„Sagen Sie also bitte Herrn Jawse, wohin er den Sarg stellen soll – in das kleine Empfangszimmer – und geben Sie den Leuten eine Erfrischung. Ich möchte mich so bald als möglich zur Ruhe begeben. Wo soll ich schlafen?“

„Da Sie keine bestimmte Anweisung gaben“, erwiderte Frau Robinson, „so habe ich Ihnen das Schlafzimmer Ihres Herrn Onkels hergerichtet. Es liegt nach Süden und ist freundlicher als die anderen Räume.“

„Ist mir ganz recht“, nickte ich. „Gehen Sie jetzt zu Herrn Jawse und nehmen Sie die Leiche in Empfang.“

Nachdem die Haushälterin fort war, zündete ich mir meine Pfeife wieder an und versuchte, meine Mißstimmung loszuwerden; allein es gelang mir nicht. Ich hörte die schweren Schritte in der Halle, das Flüstern gedämpfter Stimmen und wußte, was da vor sich ging. Gleichzeitig sah ich mich im Geist wieder in dem Brüsseler Hospital, sah den verstümmelten Leichnam auf der Bahre. Und dieser selbe Leichnam befand sich jetzt kaum ein Dutzend Meter von mir entfernt! Leise Schauer liefen mir über den Rücken – mehr denn je sehnte ich mich nach London zurück.

Fast bereute ich, meinen Beruf so rasch aufgegeben zu haben. Er war mir wirklich liebgeworden. Wie sehr würde ich den täglichen Gang nach dem Amtsgericht vermissen, das Ausarbeiten der Akten, die Plädoyers, all den Reiz, die Spannung eines schwierigen Prozesses! Was hatte ich für dieses arbeitsame, anregende Leben eingetauscht? In einem öden Mausoleum zu sitzen und mir Tag für Tag den Kopf zu zerbrechen, wie ich die Zeit totschlagen und jährlich vierzigtausend Pfund durchbringen sollte.

Als die unheimlichen Geräusche unten verstummt waren und ich das Schließen der Haustür vernahm, klingelte ich. Der alte Lawson steckte seinen grauen Kopf zur Tür herein.

„'s ist heute abend nicht gerade gemütlich hier, Lawson", sagte ich.

„Nein, gnäd'ger Herr. Aber was wollen Sie? Dergleichen Dinge geschehen und lassen sich nicht verhindern."

„Ich werde im Zimmer meines Onkels schlafen", fuhr ich fort. „Sie können mich hinführen; doch erst bringen Sie mir noch einen Schluck Whisky, im Fall ich keinen Schlaf finde. Meine Nerven sind nämlich ein wenig überreizt."

„Kein Wunder, gnäd'ger Herr. Meine sind auch nicht so wie sonst. Wünschen Sie noch etwas?"

„Nein, das genügt."

Nach fünf Minuten kam der Alte mit einem Leuchter in der einen und einem Servierbrett in der anderen Hand zurück. „Wollen Sie mit mir gehen?" fragte er.

Ich folgte ihm die breite Treppe hinauf längs der Galerie durch einen langen Korridor, an dessen Ende er stehenblieb und eine Tür öffnete.

Als ich eintrat, befand ich mich in einem großen, mit schwärzlichem Eichenholz getäfelten Raum. Schwere Stoffvorhänge verdeckten die nischenartigen Bogenfenster; an der einen Wandseite des gespenstisch-düsteren Zimmers stand eine mächtige Bettstelle, deren Baldachin mit rotem Damast überzogen war; an der anderen gähnte mir ein schwarzer

Kamin wie die Öffnung einer Höhle entgegen. Riesige Eichenschränke und messingbeschlagene Truhen füllten die Ecken aus, und zwischen den beiden Fenstern stand ein breiter Toilettentisch mit blindgewordenem Spiegel.

Kopfschüttelnd betrachtete ich dies nichts weniger als anheimelnde Gemach.

„Was in aller Welt hat Frau Robinson gedacht, Lawson", fragte ich halb ärgerlich, „daß sie behauptete, dies sei das freundlichste Schlafzimmer des Hauses?"

„Hm", entgegnete der Alte, „so unrecht hat sie nicht. Fast alle Räume sind düster; dieses hier ist wirklich noch das beste. Von den Fenstern aus haben Sie einen hübschen Blick in den Park, und mit einem tüchtigen Holzfeuer im Kamin kann's hier wirklich ganz behaglich sein."

„Mir gefällt's aber nicht", erklärte ich unzufrieden. „Jedenfalls werde ich möglichst schnell für elektrisches Licht sorgen."

„Das wäre fein", nickte Lawson. „Wollte noch fragen, um wieviel Uhr Sie frühstücken möchten, da Sie, wie ich hörte, frühzeitig nach London fahren wollen?"

„Ach, machen Sie keine Umstände weiter. Ich habe Dick gesagt, der Wagen müsse dreiviertel acht vor der Tür stehen. Bringen Sie mir also um sieben eine Tasse Tee und eine Scheibe Brot. Das genügt. Gute Nacht!"

„Gute Nacht, gnäd'ger Herr. Ich hoffe, Sie werden gut schlafen. Habe Ihnen vom besten Whisky Ihres Herrn Onkels gebracht – er ist schon über fünfundzwanzig Jahre alt."

Nachdem das geschwätzige Männchen noch zwei Kerzen angezündet und sich dann entfernt hatte, schob ich die Vorhänge zurück und öffnete die Fenster.

Der Mond stand am Himmel, wurde jedoch zum Teil durch schwere Regenwolken verdeckt, so daß nur ein schwacher Dämmerschein über den Wäldern jenseits des Parkes lag. Alles andere war in Finsternis gehüllt.

Ich entkleidete mich rasch und begab mich zur Ruhe, ließ aber die Lichter brennen. Trotz meiner Müdigkeit konnte ich jedoch nicht einschlafen, weil die Erlebnisse der letzten Woche zu lebhaft vor meinem Geiste standen und den Schlaf verscheuchten.

Stunde auf Stunde verrann. Aus Verzweiflung griff ich schließlich zu dem bewährten Hilfsmittel, dem fünfundzwanzigjährigen Whisky, der sich in der Tat als Wundertrank erwies.

Die Augenlider wurden mir schwer und schwerer, und ehe ich wußte, wie es geschah, war ich entschlummert. Allerdings hatte ich wirre, unruhige Träume, anfangs völlig unzusammenhängend, dann aber so lebhaft, so deutlich, doch auch so entsetzensvoll, daß ich mit klopfendem Herzen und in Schweiß gebadet erwachte.

Ich fuhr in die Höhe und schaute auf die Uhr, die bereits die siebente Morgenstunde zeigte. Durch die offenen Fenster strömte das helle Sonnenlicht herein und verscheuchte den Eindruck, den der häßliche Traum auf mich gemacht. Da dieser Traum sich jedoch in der folgenden Nacht mit derselben grausigen Deutlichkeit wiederholte, so will ich erst später davon reden. Ich sprang also aus dem Bett und hatte mein Gesicht eben mit kaltem Wasser erfrischt, als vernehmlich an die Tür geklopft wurde.

12.

Auf meinen Hereinruf erschien Lawson mit einer Kanne Tee und einem Berg gerösteten Brotes.

„Schöner Morgen, gnäd'ger Herr!“ sagte er, das Servierbrett auf den Tisch stellend.

„Sehr schön!“ nickte ich.

„Hoffentlich haben Sie gut geschlafen?“

„Leider nicht, obgleich der Whisky sein Bestes tat. Ein feiner Tropfen das!“

„Ihr Herr Onkel hielt immer auf das Beste. Das war sein Motto.“

„Ein sehr gutes!“ lachte ich. „Sie hätten mir doch aber noch etwas mehr Brot bringen sollen, Lawson.“

„Gleich, gleich!“ erwiderte der Alte diensteifrig. Ich hielt ihn jedoch lachend zurück. „Das war ja nur ein Scherz. Halten Sie mich denn für eine Boa Konstriktor? Die Hälfte von dem, was Sie mir gebracht, ist noch zuviel. Ist die Post schon gekommen?“

„Die erhalten wir nicht vor zehn Uhr, gnäd'ger Herr.“

„Auch gut. Jetzt will ich mich rasch ankleiden.“

Pünktlich fuhr Dick mit dem Wagen vor, und nachdem ich eingestiegen war, ging es in raschem Trabe der nahen Stadt zu. Die Luft hatte noch etwas erquickend Frisches, so daß mir die Fahrt nach der schlechten Nacht einen wahren Genuß bereitete.

Als wir die Hochstraße entlang fuhren, winkte mir jemand. Es war der Leichenbestatter Jawse. „Ich habe Sie gestern abend nicht gesehen, Herr Bracebridge“, sagte er, als ich den Wagen halten ließ.

„Meine Nerven waren so abgespannt“, entgegnete ich ihm, „daß ich mich früh zur Ruhe begab. Übrigens brauchten Sie mich ja nicht.“

„Das ist richtig“, nickte er. „Hatte bereits Ihre Instruktionen. Was ich sagen wollte – ich habe den Sargdeckel noch nicht zugeschraubt. War ja noch nicht nötig. Zudem bemerkte ich auf dem Gesicht der Leiche einen rötlichen Fleck. Das kam mir ein bißchen sonderbar vor.“

„Haben Sie das in Ihrer Praxis noch nie beobachtet?“ fragte ich, aufmerksam werdend.

„Hm – ja; ist schon vorgekommen, aber sehr selten.“

„Was schließen Sie daraus? Daß der Mann etwa nicht tot ist?“

„O nein“, lautete die rasche Antwort. „Darüber besteht kein Zweifel. Ich dachte nur, Sie würden sich wundern, daß ich den Sarg noch nicht geschlossen habe; ich glaubte, Sie hätten den Toten gern noch einmal gesehen – –“

„Ganz recht“, unterbrach ich ihn hastig. „War sehr rücksichtsvoll von Ihnen. Guten Morgen!“

Ich winkte Dick weiterzufahren, und erst als ich eine Viertelstunde später im Zuge saß, dachte ich über Jawses Anspielung nach. Ich war auf jede Überraschung vorbereitet, denn nach den Ereignissen der letzten Woche konnte mich nichts mehr in Erstaunen setzen. Das Resultat meiner Reflexionen war schließlich nur ein Achselzucken. „Pah“ murmelte ich vor mich hin, „werde doch nicht so töricht sein, mich über das Geschwätz eines Leichenbestatters aufzuregen. Würde mir nur die Freude am Sonnenschein verderben.“

Der Zug hielt jetzt an einer Station, und mit Freuden begrüßte ich das Auftauchen eines rotbäckigen Zeitungsjungen, der seine gedruckte Ware ausbot. Rasch kaufte ich mir ein Exemplar des „Daily Telegraph“, der mir sozusagen die Luft meines geliebten London zutrug, ließ Jawse mit seinen unverständlichen Andeutungen links liegen und vertiefte mich in eine vierspaltige Abhandlung über die „fiskalischen Fragen“.

Ich erreichte den Gerichtshof in der Bowstreet noch eine Viertelstunde vor der anberaumten Zeit und traf im Korridor des Gebäudes mit meinem Reisegefährten, Inspektor Walter, zusammen.

„Na“, sagte er nach freundschaftlicher Begrüßung, „in Paris was Neues entdeckt?“

Da ich mir schon vorher überlegt hatte, in betreff der Baronin äußerste Zurückhaltung zu bewahren, so erwiderte ich ausweichend: „Nein; wenigstens nichts Greifbares. Ich tappe noch völlig im Dunkeln, bin aber fest entschlossen, der Sache auf den Grund zu gehen. Früher oder später wird es mir wohl gelingen, das Rätsel zu lösen.“

„Pah, lassen Sie die Sache laufen!“ warf er lachend ein. „Sie haben's ja jetzt vollauf. Wozu sich noch damit abquälen?“

„Das ist alles recht schön“, versetzte ich, „allein wie steht es mit dem gerichtlichen Verfahren?“

„Nur noch eine Formalität – weiter nichts. Ich selbst werde erklären, daß wir nach sorgfältigster Untersuchung nichts Belastendes gegen Sie gefunden haben und daß, sollte wirklich ein Verbrechen begangen worden sein, was noch sehr zweifelhaft ist –“

„Weshalb zweifelhaft?“

„Weil die Ärzte nicht imstande sind, sich endgültig über den Fall auszusprechen.“

„Das ist doch sonderbar.“

„Allerdings – geht Sie aber nichts weiter an. Sie sind über allen Verdacht erhaben, Herr Bracebridge, und wie gesagt, wenn wirklich ein Verbrechen vorliegt, so müssen sich die französischen Behörden darum kümmern. Es untersteht nicht unserer Gerichtsbarkeit, und deshalb hat sich Scotland Yard auch zurückgezogen. Wenn die Sache aufgerufen wird, werde ich dies dem Richter auseinandersetzen.“

„Und die Leichenschau?“

„Ist auch nur noch eine Formalität. Der kleine Irrtum wegen der Identität macht keinen Unterschied. Ich habe bereits alles geordnet.“

Da er sich so eifrig für mich bemüht hatte, wollte ich mich gern erkenntlich zeigen. Ich zog ihn daher beiseite und sagte in gedämpftem Ton: „Sie haben sich meiner in dieser unerquicklichen Sache so freundlich angenommen, daß ich mir wohl erlauben darf, Ihrer Frau eine Hundertpfundnote für einen neuen Hut und dergleichen zuzusenden?“

Mit vergnügtem Gesicht schüttelte er mir die Hand. „Wenn Sie das tun wollen“, sagte er, verschmitzt lächelnd, „habe ich natürlich nichts dagegen einzuwenden und betrachte es als außerhalb der ›Statuten‹.“

In diesem Augenblick winkte ihm ein Polizist. „Aha, jetzt ist die Reihe an uns“, fügte er hinzu. „Kommen Sie mit in den Gerichtssaal, Herr Bracebridge.“

Wieder saß ich auf der Zeugenbank, aber diesmal entwickelte sich die Sache sehr glatt und für mich befriedigend. Der Vorsitzende ging sogar so weit, sein Bedauern auszusprechen, daß ich in eine so peinliche Lage und einen so unbegründeten Verdacht geraten war.

Ich durfte dies als eine glänzende Rechtfertigung ansehen, und in gehobener Stimmung fuhr ich nach meinem Büro am Brunswick-Square, wo ich den Nachmittag mit Barker verbrachte.

Mit dem Sechsuhrzug verließ ich London, um in mein neues, aber noch sehr ungemütliches Heim zurückzukehren.

Dick erwartete mich am Bahnhof.

„Nichts vorgefallen während meiner Abwesenheit?“ fragte ich, den Wagen besteigend.

„Nichts, gnäd'ger Herr, außer daß so 'ne fremde junge Person sich hier herumgetrieben hat und allerhand Fragen wegen des Begräbnisses stellte.“

„Ah!“ entfuhr es mir in der Überraschung. „Haben Sie die Person gesehen, Dick?“

„Nein, gnäd'ger Herr. Wär' mir aber lieb gewesen. Hält' dann vielleicht was ausfindig gemacht. Soll 'n bißchen aufgedonnert ausgesehen haben.“

„Gütiger Himmel!“ murmelte ich vor mich hin. „Könnte das Susanne gewesen sein?“ Und laut fügte ich hinzu: „Trug sie einen roten Sonnenschirm, Dick?“

„Grad wollt' ich das sagen“, entgegnete der Groom. „Sie haben mir 's Wort aus dem Munde genommen.“

Ich biß vor Ärger die Lippen zusammen. Was hatte ich da für eine Gelegenheit versäumt!

Hätte ich nicht dieser verwünschten Gerichtsverhandlung beiwohnen müssen, so wäre ich jetzt nicht nur im Besitz eines Fingerzeiges, sondern der Lösung des ganzen Geheimnisses gewesen.

Dick bemerkte meine Verstimmung. „Etwas Unangenehmes, gnäd'ger Herr?“ fragte er.

„Hm – ja!" brummte ich noch immer ärgerlich. „Wer diese Person ausspürt und sie mir noch heute ins Haus bringt, darf auf fünfzig Goldsovereigns rechnen."

Bei dieser Ankündigung sperrte der brave Bursche Mund und Nase auf. „Ist das Ihr Ernst, gnäd'ger Herr?" stotterte er.

„Ich würde es nicht sagen, wenn es mir nicht ernst wäre."

„Oh, entschuldigen Sie!" Er schwieg eine Weile, nachdenklich vor sich hinschauend, dann wandte er sich wieder zu mir: „Möcht' es wohl probieren, gnäd'ger Herr. Brauchen Sie mich heute noch?"

„Nein."

„Und würden Sie nichts dagegen haben, wenn ich den Wagen dazu benutze?"

„Nicht das geringste."

„Na, dann laß ich mich hängen, wenn ich die Person nicht bis zehn Uhr heute abend hierhergebracht habe."

„Wäre mir sehr angenehm."

„Na, auf alle Fälle werd' ich's probieren."

Damit endete unser Gespräch.

Nach meiner Ankunft in Twyford Hall speiste ich in derselben Weise wie am Abend zuvor, begab mich nachher in die Bibliothek, um meine Pfeife zu rauchen, und las die Zeitungen, die ich mir aus London mitgebracht hatte.

Meine Gedanken auf diese Weise ableitend, suchte ich die Vorgänge des Tages zu vergessen, was mir vielleicht auch gelungen wäre, hätte mich die Nachricht von dem Auftauchen der Fremden mit dem roten Sonnenschirm – es konnte nur Susanne sein – nicht aus dem Gleichgewicht gebracht.

Was bedeutete ihr Erscheinen in Twyford Hall? War es das Resultat ihrer Zusammenkunft mit dem Baron Slavinsky im Café de la Régence?

Wenn dies der Fall war – welchen Zweck verfolgte sie damit? Würde Dick sie finden? Letzteres bezweifelte ich stark; dennoch wartete ich geduldig bis zehn Uhr, bis elf Uhr – erst um Mitternacht gab ich alle Hoffnung auf.

In Lawsons Begleitung begab ich mich wieder in das gespenstische Schlafzimmer meines Onkels. Der Alte setzte abermals eine Flasche von dem fünfundzwanzigjährigen Whisky nebst einem Glas, einer Wasserflasche und drei brennenden Lichtern aus den Tisch, wünschte mir eine ruhige Nacht und entfernte sich dann geräuschlos.

Heute fühlte ich mich weniger niedergedrückt als am Abend zuvor. Ich war ehrlich müde, und mit dem Stoßgebet, von schauerlichen Träumen verschont zu bleiben, blies ich zwei der Lichter aus und vergrub mich in die Kissen. Auch ohne Hilfe des Whisky senkte sich der Schlaf auf meine Lider und damit für eine Weile Vergessen aller irdischen Widerwärtigkeiten.

Jedoch nicht für lange.

Der gräßliche Traum der vorigen Nacht kehrte – und diesmal mit zehnfacher Deutlichkeit – wider. Ich hatte die dunkle Empfindung, daß es nur ein Traum war, machte auch die größten Anstrengungen, wach zu werden und das grausige Gefühl abzuschütteln, allein vergebens. Wie ein Alpdruck lag dieser Traum auf mir und hielt mich in seinen Krallen fest.

Der Schauplatz des geträumten Erlebnisses war mir nicht erkennbar; es schien ein öder Raum, eine verlassene Gegend zu sein, auf allen Seiten vom Horizonte begrenzt.

Inmitten dieser Einöde befand sich ein offenes Grab, darin ein Mann in einem Sarg und am Rande ich selbst. Der Tote und ich, wir waren ganz allein. Und ich wußte ganz genau, daß tausend Meilen im Umkreis kein lebendes Wesen existierte und daß ich die feste Absicht hatte, diesen Mann zu begraben. Plötzlich sprengte er den Sargdeckel auf, kroch heraus, kletterte zu mir herauf und behauptete keck, er sei mein Vetter Reginald, der sich nicht in einer so ungebührlichen Weise beerdigen lassen wolle.

Ich erklärte ihm jedoch, daß er gar nicht mein Vetter, sondern ein Betrüger sei, und stieß ihn in das Grab zurück. Schwer fiel er auf den Sarg, wo er eine Weile stöhnend liegenblieb. Dann richtete er sich mühsam in die Höhe und rief mir in kläglichen Tönen zu, während ihm die Tränen über die Wangen liefen: „Frank! Frank, alter Junge, um Gottes willen, begrabe mich doch nicht lebendig hier! Ich weiß ja, daß ich eine rechte Plage für dich war, aber ich habe dir doch geschrieben, daß ich mich bessern wolle; ganz bestimmt, das will ich, und mein Vermögen werde ich mit dir teilen. Nur laß mich leben, Frank, laß mich leben! Ich bin noch zu jung, um hier wie ein Hund zu sterben."

„Ihr seid ein Betrüger", entgegnete ich hart wie ein Mühlstein. „Kriecht in Euren Sarg zurück. Das ist das Bett, das Ihr Euch selbst gemacht habt. Legt Euch nur hinein."

Er gehorchte jedoch nicht, sondern machte einen letzten verzweifelten Versuch, dem Grabe zu entrinnen. Angstvoll krallte er sich in den Rasen, bis seine Finger bluteten. Zuerst löste er nur große Erdschollen los und schwere Steine, die polternd auf den Sarg fielen, schließlich gelang es ihm aber doch, einen Halt zu gewinnen, und schon stand er im Begriff, sich über den Rand zu schwingen, als ich mit meinen schweren Stiefeln auf seine Hände trat, so daß er seinen Halt verlor.

Mit einem gellenden Aufschrei sank er in das offene Grab zurück.

In diesem Augenblick erdröhnte ein furchtbarer Donnerschlag, und ich erwachte aus dem gräßlichen Traum, doch nur, um einen neuen, diesmal aber greifbaren Schrecken zu erleben, der mir das Blut in den Adern erstarren machte.

13.

Wie es geschah, davon habe ich nicht die geringste Ahnung mehr, allein ich befand mich plötzlich, nur mit einem leichten Nachtgewand bekleidet, in einem kleinen Zimmer, durch dessen unverhülltes Fenster die bleichen Strahlen des Mondes geisterhaft auf einen offenen Sarg fielen, in dem ein Mensch im Leichentuch saß und mich mit ausdruckslosen Augen anstierte.

Meine Glieder waren vor Schrecken völlig gelähmt; in stummem Entsetzen stand ich da, unfähig, ein Wort hervorzubringen.

War ich wach oder sollte dies auch ein Traum sein? Und wie kam ich hierher in das Totenzimmer?

Der schwere Sargdeckel lag umgestürzt auf dem Boden, wodurch sich das laute Geräusch erklärte, das mich aus dem Schlaf geweckt hatte. Doch wie verhielt es sich mit dieser Leiche, die mich in sitzender Stellung anstarrte? Konnte das wirklich Reginald sein – zum Leben wiedererwacht? War solch ein Wunder möglich? Warum sprach er denn aber nicht? Ich selbst hätte freilich kein Wort zwischen den klappernden Zähnen hervorbringen können, so sehr lähmte mich das Entsetzen.

Endlich bewegten sich die bleichen Lippen, und mit schwacher, aber mir gänzlich fremder Stimme murmelte die Leiche – wenn man es so nennen konnte – in französischer Sprache: „Wo bin ich?"

Jetzt fand ich endlich die Sprache wieder.

„Sind Sie Reginald?" fragte ich voll Spannung.

Ein leerer Blick war die einzige Antwort.

„Wer sind Sie?" fragte ich nun aus französisch.

„Bibi", stammelte der Mann leise. „Wo ist Susanne? Ich bin – ah, mein Gott! Sie soll mir einen Tropfen Kognak bringen."

Im Nu war all mein Entsetzen geschwunden.

Dieser Mensch war auf keinen Fall mein Vetter Reginald, sondern Gott weiß wer; ich mußte ihn aber um jeden Preis am Leben erhalten, um durch ihn Aufklärung über die rätselhafte Geschichte zu erlangen.

Von diesem Gedanken erfüllt, verließ ich eiligst das Zimmer, stürmte die Treppe hinaus – drei Stufen auf einmal – und holte den Whisky.

Als ich nach kaum zwei Minuten zurückkehrte, war der Mann im Sarge zurückgesunken und allem Anschein nach nun wirklich tot. Jetzt brachen auch meine Nerven zusammen, und zwar so gründlich, daß ich ein volles Glas Whisky hinunterstürzte und dann – ich schäme mich nicht, es zu sagen – in heilloser Furcht durch die Halle die Treppe hinauffloh, als ob der Tote aus dem Sarg gesprungen sei und mich verfolge. Sobald ich mein Zimmer erreicht hatte, verschloß ich die Tür und warf mich keuchend, von Kopf zu Fuß in kaltem Schweiß gebadet, in einen Sessel.

Zum Glück durchströmte mich bald – wohl infolge des belebenden Whiskys – eine wohlige Wärme; meine Aufregung legte sich, und mein Kopf wurde wieder klarer. Damit kehrte auch der verlorene Mut zurück.

„Eine verflixte Geschichte!“ brummte ich, aufspringend. „Die Krone von allem, was ich erlebt habe! Wüßte nicht, was das noch übertrumpfen könnte! Mir schwindelt ordentlich bei dem Gedanken. Möchte wissen, wie spät es ist.“

Noch brannte eine Kerze. Ich sah auf meine Uhr; es war gerade zwei Uhr. Rasch zündete ich noch die beiden anderen Lichter an, schob die Fenstervorhänge zurück und ließ das Mondlicht voll hereinfluten.

„Da sitze ich nun in einem schönen Dilemma!“ murrte ich, mich hastig ankleidend. Etwas mußte geschehen, und zwar sofort. Wenn ich mir vorstellte, daß ich die Leiche eines wildfremden Menschen, der – weiß der Himmel, jeden Augenblick an meine Tür klopfen konnte, im Hause hatte und ihn – vorausgesetzt, daß er jetzt wirklich tot war – auf jeden Fall in unserer Familiengruft beisetzen lassen mußte! Was sollte ich tun? Wie mich aus diesem Wirrsal herausbringen, ohne einen häßlichen Skandal zu verursachen? Der Himmel mochte wissen – ich nicht! Das Begräbnis sollte um elf Uhr stattfinden, und ich wußte nicht mal, ob der Mensch wirklich tot war! Das wenigstens mußte ich auf jeden Fall feststellen.

Mit diesem Entschluß ging ich leise die Treppe hinab in das Bibliothekzimmer, drehte das Gas auf und weckte Dick durchs Telephon. Nach kaum fünf Minuten erhielt ich Antwort von ihm.

„Sind Sie da, Dick?“ rief ich ihm zu.

„Ja, gnäd'ger Herr.“

„So kleiden Sie sich rasch an und kommen Sie mit dem Wagen an die Tür. Ich muß Sie mit einer wichtigen Botschaft in die Stadt schicken.“

„Werde gleich erscheinen, gnäd'ger Herr."

In der Zwischenzeit schrieb ich ein Billett an den ersten Arzt der Stadt, Doktor Jenkins, der an die Stelle unseres kürzlich verstorbenen Familienarztes getreten war.

Er wird den Unterschied nicht merken, dachte ich mit ingrimmigem Lächeln, als ich den Brief zusiegelte. Bevor Dick erschien, hatte ich meine Ruhe so weit wiedergewonnen, daß ich es über mich vermochte, in die Totenkammer zu gehen und den Sargdeckel wieder an die richtige Stelle zu bringen. Dann schloß ich die Haustür aus und trat ins Freie.

Dick, der eben mit dem Wagen angefahren kam, sah sehr überrascht aus, machte aber keine Bemerkung.

„Geben Sie diesen Brief an Doktor Jenkins", sagte ich, ihm den Brief reichend, „und bringen Sie ihn gleich hierher. Schonen Sie das Pferd nicht – die Sache ist wichtig."

„Schon recht, gnäd'ger Herr. Tut mir leid, daß ich die Person mit dem roten Schirm gestern abend nicht erwischte. War ihr auf der Spur, aber sie entschlüpfte mir fünf Minuten zu früh. Sie fuhr nämlich mit dem 9-Uhr-45-Zug nach London."

„Das ist schade."

„Bedaure es auch", brummte Dick, faßte an seinen Hut und trieb das Pferd an.

Geräuschlos schloß ich die Tür, begab mich in die Bibliothek zurück und zündete mir eine Pfeife an.

Nachdenklich auf und ab schreitend, überlegte ich, was ich tun sollte, um mich aus dieser Klemme zu ziehen.

Es half alles nichts, ich mußte durchaus einen Entschluß fassen. Es hatte keinen Zweck zu fragen, warum mir gerade so was passieren mußte und womit ich das verdient hatte. Hier hieß es kaltblütig überlegen, um das Rechte zu treffen.

Ich vergegenwärtigte mir nun die Lage, so gut es mir unter den obwaltenden Umständen möglich war. Sie erschien kompliziert genug.

In Brüssel hatte ich aufs entschiedenste erklärt, daß der Mann, der nun als Toter unter meinem Dache lag, Reginald Bracebridge sei. Wie konnte ich jetzt, nachdem ich dies am vorhergehenden Tage vor Gericht bestätigt, plötzlich meine frühere Erklärung widerrufen? Das hieße ja, mich selbst als den größten Narren brandmarken oder mich als einen Intriganten hinstellen, dessen Gebaren unbedingt Verdacht erwecken würde.

Nein, ich mußte konsequent bleiben, mußte auch dem Leichenbeschauer und der Jury gegenüber an meiner in Brüssel ausgesprochenen Überzeugung festhalten. Überdies hatte ich auch bereits regelrecht Besitz von Twyford Hall ergriffen. Überall betrachtete man mich schon als den neuen Gutsherrn.

Das Begräbnis war auf elf Uhr dieses Tages festgesetzt worden. Wollte ich in der kurzen Zwischenzeit die Wahrheit bekanntgeben, so mußte ein schlimmer Skandal entstehen, der die unangenehmsten Folgen für mich haben konnte. Und was hätte ich nach einer solchen Eröffnung mit der Leiche, die im unteren Stockwerk lag, anfangen sollen? Sie etwa nach Brüssel zurückschicken mit dem höflichen Ausdruck des Bedauerns, mich geirrt zu haben? Das wäre einfach lächerlich und für andere unbegreiflich gewesen.

Hatte sich wohl je ein Mensch in solch einer ungeheuerlichen Situation befunden? Zurück konnte ich nun nicht mehr – ich hatte alle Schiffe hinter mir verbrannt. Was ich getan, war in gutem Glauben geschehen – in dieser Beziehung brauchte ich mir nichts vorzuwerfen. Ohne mein Verschulden war dies Dilemma entstanden; ich hätte jedoch freudig die ganze Erbschaft hingegeben, wäre mir dafür diese Verlegenheit erspart geblieben. Wie dem aber auch sein mochte, die Sache mußte jetzt ihren Lauf nehmen. Nachdem ich mich zu diesem Entschlusse durchgerungen hatte, wurde mir leichter ums Herz, und meine Pfeife wieder in Brand setzend, erwartete ich geduldig die Ankunft des Arztes.

Es dämmerte bereits stark, als ich das Geräusch von Rädern auf dem Kiesweg vernahm. Rasch eilte ich an die Haustür, wo ich mit Doktor Jenkins, den ich oberflächlich kannte – ich hatte ihn ein- oder zweimal gesprochen –, zusammentraf.

Ich beauftragte Dick, in einer halben Stunde mit dem Wagen zurückzukehren, und führte dann den Arzt in die Bibliothek.

„Es handelt sich nicht um eine Erkrankung, Herr Doktor", begann ich, nachdem wir uns gesetzt hatten, „sondern um etwas viel Ernsteres." Und nun erzählte ich ihm ohne Umschweife, was sich ereignet hatte.

„Was sagen Sie dazu?" schloß ich meinen Bericht.

„Allerdings ein sehr merkwürdiger Fall", gab Doktor Jenkins zu; „er steht aber nicht vereinzelt da. Es bedarf hier keiner wissenschaftlichen Erörterungen, nur wundert es mich, daß die Brüsseler Hospitalärzte die Beschaffenheit der Leiche nicht bemerkten. Unserem Leichenbestatter Jawse fiel es gleich auf, denn er erwähnte es mir gegenüber. Von irgendeiner Seite ist da eine grobe Fahrlässigkeit verschuldet worden."

„Das scheint mir auch so", pflichtete ich bei. „Ich möchte aber zweifellos feststellen, daß das Leben jetzt völlig erloschen ist. Deshalb bat ich Sie, Ihre Instrumente mitzubringen. Wenn Sie die Halsader öffnen, werden wohl alle Zweifel behoben sein."

Doktor Jenkins war damit einverstanden und so begaben wir uns nach dem kleinen Empfangszimmer, dessen Tür ich sorgfältig hinter uns verschloß. Dann machte ich Licht und hob den Sargdeckel ab.

Der Arzt nahm eine kurze Untersuchung der Leiche vor. „Jetzt ist der Tod wirklich eingetreten", erklärte er. „Um Sie jedoch vollständig zu beruhigen, will ich die Ader öffnen."

Im nächsten Augenblick hatte er einen tiefen Einschnitt in die Kehle des Mannes gemacht. Kein Tropfen Blut war sichtbar.

„Dieser Beweis genügt mir", sagte ich zufrieden. „Und nun möchte ich noch mit Ihnen abmachen, Herr Doktor, den Zweck Ihres Besuches hier gegen niemand zu erwähnen. Lassen Sie die Sache zwischen uns beiden

Geheimnis bleiben. Die Dienerschaft schläft noch, hat also nichts gemerkt und so braucht niemand den für mich immerhin peinlichen Zwischenfall zu erfahren."

„Ich begreife das vollkommen, Herr Bracebridge", entgegnete Doktor Jenkins. „Natürlich erfülle ich Ihren Wunsch, füge aber hinzu, daß ich sowieso niemals ein Wort darüber geäußert hätte."

„Das glaube ich gern. Unter diesen besonderen Umständen jedoch dachte ich – –"

„Ihre Vorsicht war völlig gerechtfertigt", fiel Doktor Jenkins rasch ein.

Wir befestigten hierauf den Sargdeckel, kehrten in die Bibliothek zurück und wechselten noch einige Worte. Alsdann erschien Dick; der Arzt verabschiedete sich und ich konnte noch ein paar Stunden der Ruhe pflegen.

Die Beerdigung verlief ohne Störung; ich empfand jedoch nicht geringe Gewissensbisse, als die Leiche des namenlosen Fremden neben den Sarg meines Onkels in die Familiengruft gestellt wurde.

Am selben Nachmittag fuhr ich nach London, fest entschlossen, nicht eher in mein neues Besitztum zurückzukehren, bis ich ergründet hatte, was jetzt noch geheimnisvoller erschien als zuvor.

14.

Es läßt sich nicht in Worten ausdrücken, wie erleichtert ich nach der furchtbaren Spannung der letzten zwei Tage aufatmete, als ich mich nach einigen angenehm verbrachten Stunden im Klub wieder in meinem behaglichen Junggesellenheim befand. Die allzu düstere Grandezza des Herrenhauses von Twyford Hall paßte schlecht zu meinem heiteren Temperament; ich empfand daher nur wenig Freude an der Aussicht, dort meinen ständigen Wohnsitz aufschlagen zu müssen.

Vorerst jedoch schlief ich wie ein Murmeltier, und als ich am nächsten Morgen um sieben Uhr erwachte, fühlte ich mich nicht nur neugestärkt, sondern auch bereit, jedem etwa noch drohenden Schicksalssturm mutig standzuhalten. Um zehn Uhr fand ich mich zu der für diese Stunde anberaumten Leichenschau des im Koffer gefundenen Mannes ein. Die Verhandlung nahm nicht viel Zeit in Anspruch.

Über die eigentliche Todesursache waren sich die beiden Ärzte auch jetzt noch nicht klar geworden, obgleich einige Anzeichen einen Herzschlag vermuten ließen. Dennoch wagten sie nicht, ein endgültiges Urteil abzugeben.

Ich berichtete nun kurz meine Erlebnisse in Brüssel; gleichzeitig zog ich meine frühere Erklärung betreffs der Identität des Toten zurück. Sowohl der Geldverleiher Harris als auch Inspektor Walter schlossen sich dieser Erklärung aufs genaueste an; letzterer fügte dann noch hinzu, daß die Behörde von Scotland Yard beschlossen habe, sich von der Sache zurückzuziehen.

Unter diesen Umständen blieb dem Leichenbeschauer nichts anderes übrig, als ein gleiches zu tun und damit endete die unerquickliche Angelegenheit, die mir bereits so viel Ärger und Unruhe bereitet hatte.

Nach Rücksprache mit dem Vorsitzenden der Jury übernahm ich die Kosten für die Bestattung des unbekannten Toten, der aus meine Anordnung hin in anständiger Weise auf dem Highgate-Friedhof beerdigt wurde. Daß es schließlich doch Reginalds Leiche war, daran zweifelte ich nicht im geringsten mehr und deshalb ließ ich sie auch mit allen Ehren begraben, eine passende Gelegenheit abwartend, sie insgeheim nach Suffolk überführen zu lassen.

Nachdem ich alles erledigt hatte, begab ich mich in mein Büro am Brunswick-Square, wo ich ein Telegramm und einen Brief mit dem Pariser Poststempel vorfand.

Die Depesche war in London, Lancaster Gate, aufgegeben worden und lautete:

„Kam Dienstag von Boulogne mit dem Dampfer. Susanne an Bord. Sah sie heute früh in der Bondstreet. Werde Sie Punkt drei besuchen.

Greville."

Schön! dachte ich. Die junge Dame sollte sich lieber einen andersfarbenen Sonnenschirm kaufen, sonst wird sie mir früher ins Garn laufen, als sie ahnt. Paßt mir ausgezeichnet, erspart vielleicht eine Reise nach Paris und viel Laufereien. Der Brief da ist wahrscheinlich von meinem braven Jean Vialle.

Diese Vermutung war richtig und die ziemlich lange Epistel enthielt höchst interessante Dinge.

„Geehrter Herr!“ schrieb Vialle. „Die letzten zwei Tage hatte ich nichts zu berichten, denn es kamen weder Briefe noch Besucher für die Nummer 49. Ich dachte daher, es sei schade, Briefmarken zu verschwenden und Sie mit Briefen zu belästigen, in denen nichts zu sagen war. Gestern abend jedoch gab es einen heillosen Spektakel.

Eine gute Weile nach Mitternacht (Herr Kaufmann kam erst gegen ein Uhr heim) erschien die Polizei, weckte meinen Schwager und verlangte, in das Zimmer des Herrn Slavinsky geführt zu werden.

›Hier wohnt kein Slavinsky‹, behauptete mein Schwager.

›Dann müssen wir das ganze Haus vom Keller bis zum Dachboden durchsuchen‹, erklärte der Polizeimeister.

Meine Schwester dachte, man habe vielleicht den Herrn Kaufmann gemeint und da sie bei dem mal auf einem alten Kuvert den Namen Slavinsky gelesen hatte, so führte mein Schwager die Polizisten hinauf und klopfte an die Türe. Keine Antwort. Nun klopften sie so laut, daß ein Toter ausgewacht wäre. Es kam aber wieder keine Antwort; nur hörte man, wie drinnen Möbelstücke gegen die Türe gerückt und aufeinander gehäuft wurden.

Nun brach die Polizei die Türe auf, konnte aber erst herein, nachdem sie einen Schrank und Gott weiß was noch, umgeworfen hatten und über Tischbeine, Stühle und zerbrochenes Geschirr geklettert waren. Dummerweise fand mein Schwager in seiner Aufregung den Lichtkontakt nicht, und als er ihn endlich hatte, war niemand im Zimmer zu entdecken. Entweder ist dieser Herr Kaufmann durchs Fenster oder durch den

Schornstein entschlüpft – in beiden Fällen ein Meisterstück, denn, obgleich die Polizisten gleich die Treppe herunterstürmten und die Verfolgung aufnahmen, haben sie ihn nicht erwischt. Ein Kamerad von mir meint, er habe diesen selben Mann ein paar Stunden später nach dem Nordbahnhof gebracht, dann dürfte er wohl schon in London sein, wenn Sie diesen Brief erhalten.

Ich füge noch hinzu, daß die Polizei später wiederkam und alle Sachen des Herrn Kaufmann in Beschlag nahm.

Die junge Person mit dem roten Schirm habe ich nicht mehr gesehen.

Ihr ergebener
Jean Vialle."

Obgleich ich mir den geschilderten Vorfall nicht recht zu erklären vermochte, erriet ich doch, daß der geheimnisvolle Kellner im Hotel Scribe seine Hand dabei im Spiel gehabt hatte. Das konnte meinen Bestrebungen, die rätselhafte Sache aufzuklären, nur förderlich sein. Wenn sich der Baron sowohl wie Susanne in London befanden, hatte ich alle Aussicht, binnen kurzem mein Ziel zu erreichen. Allerdings – die Baronin fehlte noch. Das war das Hindernis. Leider wußte ich nicht, wo ich sie suchen sollte. Immerhin war jetzt der Ball im Rollen – wie es enden würde, das wußten freilich nur die Götter.

Meine Sekretärin störte mich in meinen Betrachtungen, indem sie mir eine Karte brachte.

„Es ist ein Herr da, der Sie sprechen möchte"; meldete sie.

Ich blickte aus die Karte und ließ dann den Fremden hereinbitten. Gleich darauf trat Charles Greville ein.

„Ich dachte, es würde Ihnen angenehm sein, diese Neuigkeit zu erfahren", sagte er, nachdem er Platz genommen hatte. „Damals in Paris glaubte ich wenigstens aus Ihren Worten zu entnehmen, daß Ihnen jede Mitteilung über jene Susanne – –." Er hielt verlegen inne.

„Mein lieber Herr Greville“, half ich ihm rasch, „Sie erweisen mir ja einen großen Dienst damit; es ist in der Tat sehr liebenswürdig von Ihnen. Sie haben das Mädchen also heute morgen in der Bondstreet gesehen?“

„Ja.“

„Allein?“

„Hm – gewissermaßen – ja. Es schien mir nämlich, daß sie sich gerade an der Straßenecke von einem Burschen getrennt hatte, der in die Graftonstreet einbog. Ich streifte ihn nur mit dem Blick – beschwören könnte ich's nicht.“

„Oh, Sie werden sich wohl nicht geirrt haben.“

„Sie ging dann die Straße weiter, kreuzte den Fahrdamm und betrat zu meiner nicht geringen Überraschung den Laden des großen Juweliers Flamborough.“

Blitzschnell kamen mir die leeren Schmucketuis ins Gedächtnis, die ich im Hotel Scribe unter Reginalds Sachen gefunden hatte und die sämtlich den Namen dieser Firma aufwiesen.

„Haben Sie für die nächste Stunde irgend etwas vor?“ fragte ich.

„Nein, gar nichts.“

Ich griff nach meinem Hut. „Wollen Sie mich zu Flamborough begleiten? In einer Viertelstunde können wir dort sein. Sehen Sie, es ist ein wenig auffallend, daß Ihr Freund Reginald dort seine Schmucksachen kaufte und daß Susanne jetzt gerade diesen Laden besucht.“

Greville zog die Augenbrauen hoch. „Hui!“ sagte er, „wenn es so steht, gehe ich natürlich mit Ihnen.“

Als wir den weltbekannten Laden erreicht hatten, ließ ich den ältesten Chef der Firma um eine Unterredung bitten. Nach kaum drei Minuten saßen wir ihm in seinem Privatkabinett gegenüber.

„Sie kommen mir sehr gelegen, Herr Bracebridge“, sagte er zu mir, „denn ich war eben daran, Ihnen zu schreiben und Sie für morgen vormittag um Ihren Besuch zu bitten.“

„Ah, wirklich?“ rief ich überrascht aus. „Haben Sie die Nachricht auch schon erfahren? Ich glaube, Sie kannten meinen Vetter Reginald Bracebridge sehr gut. Er gehörte wohl zu Ihren besten Kunden?“

Flamborough zuckte mit einem entschuldigenden Lächeln die Achseln. „Ich verstehe, auf was Sie anspielen, Herr Bracebridge. Wir können aber wirklich in diesen schlechten Zeiten kein Geschäft von der Hand weisen und uns ebensowenig um jeden Familienzwist kümmern, der zu unserer Kenntnis gelangt. Im vorliegenden Falle nun wußten wir wenigstens zweierlei; erstens, daß unser Geld vollkommen sicher war, und zweitens, daß diese Geschäftsabschlüsse Sie persönlich nicht berühren konnten.“

Da ich beide Punkte nicht zu leugnen vermochte, so begnügte ich mich, sie zuzugeben, fügte jedoch gleich die Frage bei: „Wieviel beträgt es?“

„Hm, auf ein- oder zweihundert kann ich es nicht genau sagen. Es dürften etwa viertausend Pfund sein – eilt aber gar nicht. Ich wollte Ihnen auch deshalb nicht schreiben, sondern nur in bezug auf ein verdächtiges Vorkommnis – –“

„Sie meinen den Besuch der jungen Französin heute morgen? Gerade ihretwegen bin ich zu Ihnen gekommen.“

Der Juwelier setzte seine goldene Brille zurecht und starrte mich verdutzt an.

„Wie in aller Welt – –“ begann er, doch ich unterbrach ihn rasch, indem ich auf Greville zeigte. „Dieser junge Mann“, sagte ich, „ein Studienfreund meines Vetters, hat ihn in Paris oft mit der Französin gesehen und war nun nicht wenig erstaunt, als er heute bemerkte, daß sie hier in London ist, denn er sah sie Ihren Laden betreten. Durch ihn erfuhr ich dies und kam deshalb zu Ihnen. Was wollte die Französin hier, Herr Flamborough?“

„Hm“, lautete die Antwort, „um es kurz zu sagen, sie wünschte ein kostbares Diamanthalsband zu veräußern, einen Gegenstand, den ich sofort wiedererkannte, da ich ihn erst kürzlich Ihrem Herrn Vetter verkauft hatte. Wenn ich recht verstanden habe, wollte er es einer vornehmen Dame in Paris schenken; da diese junge Person aber keineswegs der Beschreibung entsprach, ihre Erklärungen mir auch nicht genügten, so war es anfangs meine Absicht, sie zurückzuhalten und inzwischen nach der Polizei zu schicken. Bei weiterer Überlegung hielt ich es jedoch für besser, höflich gegen sie zu sein und sie zu veranlassen, mir den Schmuck anzuvertrauen, um ihn auf seinen Wert zu prüfen. Die Kaufsumme, sagte ich ihr, möge sie sich am folgenden Vormittag holen. Dies teilte ich Ihnen in dem angefangenen Briefe mit und wollte Sie gleichzeitig bitten, anwesend zu sein, wenn die junge Person wiederkäme."

„Sie haben sehr richtig gehandelt", entgegnete ich mit Anerkennung, „und mir wahrscheinlich einen großen Dienst geleistet, für den ich Ihnen aufrichtig dankbar bin. Ich werde mich morgen Punkt zwölf bei Ihnen einfinden."

Greville und ich verabschiedeten uns alsdann und schlenderten zusammen bis zum Criteriontheater, wo sich unsere Wege trennten.

Als ich eine Stunde später am Fenster meines Büros stand und nachdenklich auf die Straße hinabschaute, sah ich plötzlich einen eleganten Wagen um die Ecke biegen und gerade vor meinem Hause halten.

Im nächsten Augenblick glaubte ich vor Schrecken und Überraschung umzusinken, denn unten sprang mein Vetter Reginald aus dem Wagen und half dann der Baronin Slavinsky beim Aussteigen.

15.

Mir schwindelte es sekundenlang vor den Augen; als sich der junge Mann jedoch umwandte und der Baronin die Hausnummer zeigte, erkannte ich mit begreiflicher Erleichterung, daß es meine überreizten Nerven waren, die mir einen bösen Streich gespielt hatten.

Der junge Mann war mir völlig fremd; flüchtig gesehen hatte er in der Größe und äußeren Erscheinung allerdings eine gewisse Ähnlichkeit mit meinem Vetter Reginald.

Nachdem er, wie es schien, dem Chauffeur geboten hatte, zu warten, grüßte er die Baronin und entfernte sich raschen Schrittes.

Nun erst kam es mir zum Bewußtsein, daß die schöne Frau, an die ich seither unablässig gedacht, zu mir heraufkam, und dieser Gedanke machte meine Pulse so heftig schlagen, benahm mir derart den Atem, daß ich fürchtete, keines zusammenhängenden Wortes fähig zu sein, wenn ich der Baronin jetzt wieder gegenüberstehen würde.

Um einigermaßen die Fassung zu bewahren, setzte ich mich an mein Pult, tat, als sei ich eifrig beschäftigt und brachte es fertig, als die Dame mir gemeldet wurde, mit äußerer Ruhe zu sagen, daß ich bitten ließe.

Gleich darauf wurde die Tür wieder geöffnet.

Ich hatte die Baronin nie bei Tageslicht gesehen, und was mir jetzt am meisten auffiel, war ihre große Jugendlichkeit. Trotz meiner Verlegenheit sagte ich mir: Sie kann nicht älter als zweiundzwanzig Jahre sein.

Mit bezauberndem Lächeln kam sie auf mich zu, mir die Hand entgegenstreckend.

Ich sprang sofort in die Höhe und wäre in der Hast beinahe über meinen Stuhl gefallen.

„Ist es möglich, daß ich noch einmal das Vergnügen habe?“ begann ich stotternd, indem ich ihre Hand fest umschloß. „Wirklich – ich – ich – es ist so unerwartet, ich – ich hätte das nie gedacht – und darf ich Ihnen einen Sessel anbieten?“

Sie lachte und ließ sich mir gegenüber nieder.

„Anfangs wollte ich Ihnen schreiben“, sagte sie, „allein dann zog ich es vor, Sie zu überraschen.“

Ich stammelte verwirrt, diese Überraschung sei entzückend – wirklich ein sehr glücklicher Gedanke.

„Wie liebenswürdig von Ihnen!“ entgegnete sie. „Offen gestanden – ich fürchtete mich zu kommen und habe wirklich Herzklopfen gehabt, als ich die Treppe heraufstieg. Ich dachte nämlich, Sie würden furchtbar böse auf mich sein.“

„Ich böse auf Sie?“ rief ich, augenblicklich die verflixte Geschichte mit ihrem Koffer völlig vergessend. “Wie können Sie so etwas Ungeheuerliches von mir denken?“

„Weil ich mich bei unserer letzten Begegnung so abscheulich gegen Sie benommen habe.“

„Sie, abscheulich?“ protestierte ich mit wachsender Kühnheit.

„Nun ja“, erklärte sie, „ich verließ Sie doch damals in Calais in höchst unhöflicher Weise. Was müssen Sie von mir gedacht haben?“

„Gedacht? Oh, ich dachte, das heißt, ich bedauerte natürlich, Ihre angenehme Gesellschaft zu verlieren, aber ich merkte, daß sich etwas Ernstes ereignet hatte und bedauerte lebhaft, Sie so beunruhigt zu sehen.“

„Das war sehr freundlich von Ihnen. Sie sind das immer gegen mich gewesen. Wenn ich denke, wie ich Sie mit dem Riesenkoffer belästigt habe! Ich kann Ihnen dies jetzt nur noch dadurch lohnen, daß ich Ihnen offen berichte, was sich in jener Nacht zutrug. Vorerst muß ich Ihnen aber einiges über mich erzählen. Sie haben ein Recht, es zu erfahren. Meine Mutter war Französin, mein Vater gehört der altrussischen Aristokratie an, die törichterweise auf die Romanoffs als auf einfache Parvenüs herabblickt.

Ich habe noch einen, am Petersburger Hof sehr beliebten Bruder und eine ältere Schwester, die im Ursulinerinnenkloster zu Amiens lebt.

Baron Slavinsky entstammt einer alten polnischen Familie; als ich ihn heiratete, bekleidete er einen verantwortlichen Posten im Auswärtigen Amt in Petersburg.

Unsere Ehe war von Anfang an ein häßlicher Irrtum. Nie paßten zwei Menschen so schlecht zusammen. Wir stritten uns bereits am Hochzeitsabend. Innerhalb sechs Monaten schlug er mich zweimal.“

„Das Ungeheuer!“ rief ich voll Entrüstung aus. „Ich wünschte, ich hätte ihn damals in Baden-Baden noch stärker niedergestoßen.“

„Oh, Ihre Hilfe genügte doch, mein Leben zu retten“, fiel sie ein. „Bei jener Gelegenheit plante er wirklich, mich zu ermorden, und ich weiß noch gar nicht, wie ich Ihnen Ihren Dienst jemals lohnen kann. Nun, das wird sich im Laufe der Zeit finden, Herr Bracebridge. Der Lohn soll jedenfalls nicht ausbleiben. Nein, nein“, wehrte sie ab, als ich sie unterbrechen wollte, „nicht ein Wort! Vergessen Sie aber nicht, was ich Ihnen gesagt habe.

Nun also, nachdem er mich das zweitemal mißhandelt hatte, fand ich Gelegenheit, mich an ihm zu rächen. Als ich heimlich seine Papiere durchstöberte, fielen mir gewisse Schriftstücke in die Hände, die ihn einer Verschwörung gegen den Zaren schuldig machten.

Diese Papiere übergab ich eigenhändig dem Kaiser. Mein Gatte erfuhr zu seinem Glück rechtzeitig, was ich getan – um Haaresbreite entrann er dem Schicksal, nach Sibirien verbannt zu werden, indem er schleunigst über die Grenze floh.

Seitdem heißt es: sein Leben oder das meine. Er hat geschworen, mich zu töten, und ich strebe danach, ihn bei erster Gelegenheit den russischen Behörden auszuliefern.“

Mir schlug das Herz bei diesen Worten. Ich wußte, daß der Baron in London war – sollte es mir da nicht möglich sein, sie auf irgendeine Weise in ihrem Vorhaben zu unterstützen? Das war jedoch nur ein flüchtiger Gedanke, den ich rasch unterdrückte, als sie fortfuhr: „Es wurde bald entdeckt, daß Slavinsky sich nach Paris geflüchtet hatte, und auf Vorstellung der russischen Regierung wies ihn die französische Republik aus Frankreich aus. Ich glaube, er hat sich während des letzten Jahres in Amerika aufgehalten, ist aber immer in Fühlung mit den Führern der russischen Revolutionspartei geblieben.

Aus meiner Begegnung mit ihm in Baden-Baden läßt sich schließen, daß er vor seiner Abreise nach Amerika kurze Zeit in Deutschland zubrachte. Nach dem furchtbaren Schreck, den ich ausgestanden, reiste ich damals sofort zu meiner Tante, die in Paris in der Rue Vanneau wohnt. Bei ihr blieb ich bis vor wenigen Wochen und übersiedelte dann aus Privatgründen nach dem Grand Hotel. Um mich kurz zu fassen: einige Tage, bevor ich Sie in der Eisenbahn traf, hatte ich einen Brief von meiner früheren englischen Erzieherin erhalten, worin sie mir mitteilte, sie habe eine ansehnliche Erbschaft gemacht und würde sich außerordentlich freuen, wenn ich sie in London besuchen wolle.

Diese Einladung nahm ich an.

Den Abend vor meiner Abreise verbrachte ich bei meiner Tante. Meine Schwester, die aus Amiens gekommen war, holte mich im Grand Hotel ab und fuhr mit mir nach der Rue Vanneau. Dort traf ich den russischen Gesandtschaftssekretär, der mir erzählte, einer seiner Agenten sei einem Manne begegnet, der meinem Gatten sehr ähnlich gesehen habe. Da der Sekretär die Sache scherzend behandelte, so dachte ich nicht weiter daran. Am nächsten Abend reiste ich, wie Sie ja wissen, von Paris ab. Das Telegramm, das ich in Calais erhielt, war von meiner Schwester, die darin bestätigte, mein Gatte sei wirklich in Paris, und da er mir wahrscheinlich nachspüre, so möge ich sofort zurückkehren und auf einem Umweg zu ihr ins Kloster nach Amiens kommen. Verstehen Sie die Geschichte jetzt, Herr Bracebridge?"

„Vollkommen", nickte ich. „Es ist mir nun alles völlig klar, und ich begreife, wie aufgeregt Sie sein mußten."

„Nachdem Sie Ihre Reise fortgesetzt hatten", erzählte sie weiter, „verließ ich aus Furcht vor neuen Gefahren den Bahnhof und erkundigte mich bei einem Schutzmann, wo ich einen Wagen nach Fréthun, einem an der Hauptlinie gelegenen Örtchen, erhalten könne. Unbehelligt gelangte ich dorthin, fuhr mit dem ersten Frühzug nach Amiens und suchte meine Schwester auf. Bei ihr bin ich geblieben, bis ich vor drei Tagen die Nachricht erhielt, ich könne jetzt ohne Gefahr meine Reise nach London fortsetzen. So bin ich nun hier", schloß sie, „und mein erster Besuch gilt Ihnen."

„Wie stolz mich das macht!“ sagte ich, dabei errötend wie ein Schulknabe.

Sie sah mich mit einem ihrer strahlenden Blicke an und dann fragte sie: „Was ist denn aus meinem großen Koffer geworden, Herr Bracebridge? Sandten Sie den Gepäckschein, wie ich gebeten hatte, nach dem Grand-Hotel?“

Ich fürchte, mein Gesicht nahm bei ihren Worten einen sehr sonderbaren Ausdruck an, denn sie fügte in sichtlicher Besorgnis hinzu: „Hoffentlich hat er sich nicht verirrt und steht wohlgeborgen am Charing Croß-Bahnhof.“

Der kritische Augenblick war gekommen; ein Verheimlichen erschien zwecklos.

„Was enthielt der Koffer, Frau Baronin?“ fragte ich so unvermittelt, daß es sie stutzen machte.

„Sie erschrecken mich ja ordentlich!“ rief sie verwundert aus. „Was der Koffer enthielt? Nun – ganz einfach: Kleider, Jacken, Spitzen, einen Juwelenkasten und was weiß ich noch – den gewöhnlichen Inhalt eines Damenkoffers. So sehr viel schließlich nicht, denn der Hauptteil meiner Garderobe befindet sich bei meiner Tante in Paris.“

„Nun sehen Sie, Frau Baronin“, erklärte ich, „als die Zollbeamten in Charing Croß den Koffer besichtigten, fand man nichts von dem, was Sie mir jetzt genannt haben.“

„Dann bin ich bestohlen worden!“ rief sie bestürzt aus. „Meine Jungfer packte den Koffer in meiner Gegenwart. Wie konnte das alles geschehen?“

„Ah“, entgegnete ich bedeutsam, „das ist ein Geheimnis, dem wir – Sie und ich – auf die Spur kommen müssen. Darf ich Ihnen aber zuvor noch einige Fragen stellen?“

Dies schien sie noch mehr zu überraschen, jeder Blutstropfen wich aus ihrem Gesicht.

„Fragen Sie, soviel Sie wollen“, erwiderte sie in nervösem Ton.

„Nun denn“, begann ich, „sind Sie in Paris einem jungen Manne begegnet, der denselben Namen hatte wie ich?“

„Ja“, gab sie offen zu. „Als ich Ihre Karte sah, wunderte ich mich über die Gleichheit, hielt es aber schließlich nur für ein zufälliges Zusammentreffen.“

„Jener junge Mann, Frau Baronin“, fuhr ich fort, „war mein Vetter, und ich habe Ursache, anzunehmen, daß er Ihnen im Grand Hotel unerwünschte Aufmerksamkeiten erwies.“

„Das ist richtig“, nickte sie. „Er war ein einfältiger kleiner Narr, der mich so belästigte, daß ich ihn zuletzt kommen ließ und ihm gehörig die Wahrheit sagte.“

„Sahen Sie ihn nachher wieder?“

„Nein, ich sah ihn niemals wieder.“

„Auch nicht am Abend vor Ihrer Abreise nach London?“

„Sagte ich Ihnen nicht“, lautete ihre ungeduldige Antwort, „daß ich jenen Abend mit meiner Tante und meiner Schwester in der Rue Vanneau verbrachte?“

„So haben Sie Ihrem Mädchen auch nicht aufgetragen, ihm zu schreiben, und ihn für jenen Abend einzuladen?“

Mit vor Entrüstung blitzenden Augen fuhr sie in die Höhe. „Das ist zu arg!“ stieß sie hervor. „Von Ihnen hätte ich das nicht gedacht, Herr Bracebridge! Wie kommen Sie dazu, mir solch eine Frage zu stellen?“

„Diese Antwort habe ich erwartet“, versetzte ich, meine Ruhe bewahrend, „aber eben deshalb sehe ich mich zu meinem Bedauern gezwungen, Ihnen mitzuteilen, daß Ihr Koffer, als man ihn öffnete, nichts enthielt als – die Leiche meines Vetters.“

Bei dieser Erklärung schwankte die Baronin einen Augenblick, mich entsetzt anstarrend und wäre sicher zu Boden gesunken, hätte ich sie nicht in meinen Armen aufgefangen.

Glaubten Sie, daß ich etwas damit zu tun hätte?“ stammelte sie, sobald sie sich ein wenig gefaßt hatte.

„Nicht eine Sekunde!“ erwiderte ich rasch, sie im Eifer meiner Versicherung fest an mich drückend.

Ein rosiger Hauch stieg in ihre Wangen. „Ich bin so froh – so froh!“ murmelte sie leise, und sich sanft von mir lösend, lehnte sie sich wieder in ihren Sessel zurück.

„Was geschah dann?“ fragte sie gespannt. „Sie wurden am Ende verhaftet?“

„Das war allerdings unvermeidlich.“

„Und kamen ins Gefängnis?“

„Nur zwei Tage. Dann wurde ich wieder auf freien Fuß gesetzt.“

„So also sind Sie für Ihre Gefälligkeit belohnt worden!“ rief sie außer sich. „Werden Sie mir denn das je verzeihen können? Welch eine grauenvolle Geschichte! Wer konnte diese ruchlose Tat verübt haben? Ich bin starr vor Entsetzen und kann es nicht begreifen. Ist es Ihnen verständlich? Können Sie es sich erklären?“

„Hm“, erwiderte ich mit einem Lächeln, das sie beruhigen sollte, „ich habe viel darüber nachgedacht. Etwas weiß ich ja, erraten habe ich noch mehr, und mit Ihrer Hilfe wird sich das Geheimnis sicher rasch aufklären. Ich will Ihnen alles in genauer Reihenfolge erzählen.“

Ich berichtete ihr nun kurz über die Ereignisse der letzten Wochen, wobei ich es jedoch unterließ, ihren Gatten zu erwähnen und ihr zu sagen, in welcher Weise auch ihr Name in Verbindung mit der Sache genannt worden war.

Sie lauschte mit gespanntester Aufmerksamkeit.

„Dahinter steckt gewiß diese nichtsnutzige Susanne!“ rief sie entrüstet aus, als ich geendet hatte.

„Ganz zweifellos!“ stimmte ich bei. „Wie lange stand sie in Ihrem Dienste?“

„Ungefähr zwei Monate. Ich hielt sie für ehrlich und rechtschaffen, nur fand ich bald, daß sie sehr eitel und klatschsüchtig war. Deshalb bedauerte ich es auch nicht, daß sie mich nicht nach London begleiten wollte.“

„Sie hatte ihre guten Gründe dazu“, warf ich ingrimmig ein.

„Diese Dirne!“ fuhr die Baronin entrüstet fort. „Wenn ich das Telegramm in Calais nicht erhalten hätte, in welcher Lage wäre ich da gewesen, als man in Charing Croß den Koffer öffnete! Susanne und ihr Spießgeselle haben die Geschichte mit teuflischem Scharfsinn ausgedacht. Man hätte mich alsdann verhaftet.“

„Ich danke dem Himmel, daß es mir vergönnt war, Ihnen diese Demütigung zu ersparen“, sagte ich in einem Tone, der ihr wieder das Blut in die Wangen trieb.

Einen Augenblick begegneten sich unsere Augen wie noch nie zuvor, dann senkte sie den Blick, indem sie halblaut murmelte: „Ich werde das nicht vergessen.“

Diese wenigen Worte entschädigten mich tausendfach für alles Unglück der letzten zehn Tage.

„Es ist ein schrecklicher, ja empörender Gedanke“, sprach sie weiter, „aber ich glaube, der junge Mann wurde in mein Zimmer gelockt und dort beraubt und ermordet.“

„Nach dem Ergebnis der gerichtlichen Untersuchung läßt es sich nicht behaupten, daß er dort ermordet wurde“, erwiderte ich, „immerhin halte ich es für möglich. Daß er auf arglistige Weise hingelockt wurde, dafür habe ich den überzeugendsten Beweis. Sie kennen sicher die Handschrift Ihres Mädchens?“

„Sehr genau.“

Ich holte mein Taschenbuch hervor und reichte ihr Susannes Brief an Reginald. Mit einer Gebärde des Abscheus warf sie das Blatt auf den Tisch, nachdem sie es gelesen hatte.

„Dieses elende Geschöpf!“ rief sie zornig aus. „So gegen mich zu handeln! Jedenfalls hat sie das Diamanthalsband sowie meine Juwelen und den ganzen Inhalt des Koffers an sich genommen.“

„Der letztere mag in ihrem Besitz sein“, erklärte ich, „das Halsband aber nicht.“

„Woher wissen Sie das?“

„Weil es sich augenblicklich in Händen des Juweliers befindet, der es meinem verstorbenen Vetter für einige tausend Pfund verkaufte. Reginald hatte es für Sie bestimmt.“

„Der arme Junge!“ sagte sie in aufwallendem Mitleid. „Er hat es sicher Susanne gezeigt, und um es zu erlangen, haben sie ihn ermordet. Wirklich eine traurige Geschichte! Doch wie kommt das Halsband zu dem Juwelier?“

„Weil Susanne in London ist und es heute morgen dort zum Verkauf anbot. Flamborough behielt es zurück und bestellte das Mädchen auf morgen mittag. Ich erhielt Kenntnis davon und hatte dann eine Unterredung mit dem Juwelier. Das Resultat derselben ist, daß ich morgen dabei sein werde, wenn sie wiederkommt.“

„Ausgezeichnet!“ rief die Baronin, deren Augen aufleuchteten. „Wie klug Sie sind! Darf ich auch zugegen sein?“

„Lieber nicht. Ich möchte etwas anderes vorschlagen. Ich meine nämlich, es ist nicht nötig, daß der Juwelier über die Sache allzuviel erfährt. In Ihrer Erregung könnten Sie vielleicht Dinge sagen, die, vorläufig wenigstens, besser unter uns bleiben.“

„Ihre Weisheit ist mir überlegen“, entgegnete sie mit sichtlicher Bewunderung, „und ich füge mich derselben willig. Welchen Gedanken haben Sie also?“

„Daß Susanne vor die Wahl gestellt wird, entweder der Polizei übergeben zu werden oder mich an einen von Ihnen zu bestimmenden Ort zu begleiten, wo sie Ihnen gegenübergestellt werden soll. Legt sie dann nicht ein offenes Bekenntnis ab, so mag sie die Folgen tragen. Was sagen Sie zu diesem Plan?“

„Ich finde ihn ausgezeichnet! Bringen Sie sie in die Wohnung meiner alten Gouvernante. Ich habe ihr schon alles von Ihnen erzählt. Ihr Neffe hat mich hierherbegleitet – ein sehr netter Junge, der Ihrem Vetter sehr ähnlich sieht – und ich wollte Sie eigentlich einladen, sobald es Ihnen paßt, mit uns zu speisen. Wir wohnen Parkhurst Lodge, Broadlands Road, Streatham Hill. Von der Bondstreet ist es allerdings ein weiter Weg bis dorthin.“

Ich lachte. „Was macht das, wenn ich weiß, daß wir dadurch wichtige Aufklärungen erlangen können. Ihre freundliche Einladung nehme ich natürlich mit dem größten Vergnügen an.“

„Das wird mich sehr freuen“, sagte sie, und wieder begegneten sich unsere Blicke in einer Weise, die mir das Blut bis in die Stirne hinauftrieb.

Es war eigentlich meine Absicht gewesen, jede Erwähnung ihres Gatten in Verbindung mit meinen Nachforschungen in Paris zu vermeiden. Ich wollte dies auf eine spätere Gelegenheit verschieben, da ich sie nicht zu beunruhigen wünschte. Dann aber dachte ich, es könne der zu erwartenden Unterredung mehr Nachdruck verleihen, wenn sie wußte, daß Susanne mit dem Baron zusammengekommen war.

Ich nahm daher ein Kuvert aus meiner Brieftasche und hielt es ihr vor. „Das wird Sie gewiß interessieren“, sagte ich. „Kennen Sie die Handschrift?“

Sie warf einen raschen Blick darauf. „Ja – das ist Susannes Schrift. Doch wer ist dieser Max Kaufmann?“

„Ihr Gatte, Frau Baronin.“

„Was Sie alles wissen!“ rief sie erstaunt aus. „Er ist also in Paris und lebt dort unter diesem Namen?“

„Er ist oder war dort."

„Und dieser Briefumschlag bedeutet – –"

„Daß er mit dieser unberechenbaren Susanne in Verbindung gestanden hat."

„Wie haben Sie das herausgefunden?" fragte sie kopfschüttelnd. „Ich verstehe nicht, weshalb Sie sich so viel Mühe gemacht haben."

„Verstehen Sie es nicht?" fragte ich halblaut, meinen Blick in den ihrigen senkend. Eine rosige Glut überhauchte ihr liebliches Antlitz bis zu den kleinen Ohrmuscheln.

In diesem Augenblick klopfte es an die Tür und die Sekretärin brachte mir die Karte eines Klienten, der mich zu sprechen wünschte.

Ich ließ ihn hereinbitten, und inzwischen verabschiedete sich die Baronin von mir.

„Ich will Sie nicht länger aufhalten", sagte sie, mir die Hand reichend, „obgleich ich sehe, daß Sie mir noch manches zu berichten haben. Behalten Sie aber meine Worte im Gedächtnis, daß ich nicht vergessen werde, was Sie für mich getan haben. Also auf Wiedersehen morgen!"

Ihre Hand ruhte noch in der meinen.

„Darf ich?" fragte ich, sie an die Lippen ziehend.

Die Baronin nickte, und dann war sie fort.

Ich habe keine Ahnung, was ich nachher mit meinem Klienten Jones gesprochen, nur soviel weiß ich, daß ich ihn bald abschüttelte und für den Rest des Abends wie ein Träumender umherging; selbst den Freunden, denen ich begegnete, schenkte ich nicht die geringste Beachtung.

Was mochte dieses seltsame Symptom bedeuten? Einfach, daß ich Hals über Kopf in eine verheiratete Frau verliebt war, die sich durchaus nicht unempfänglich für die Äußerung meiner Gefühle zeigte.

Ich kümmerte mich daher auch gar nicht um die Gefahren, die hieraus für mich entstehen mochten, ich dachte keine Sekunde daran, wie leicht mich diese Liebe ins Verderben stürzen konnte. Für mich existierte jetzt nur die schöne Frau, die ich wahnsinnig liebte, und eben deshalb verlachte ich jeden Gedanken an die etwaigen schlimmen Folgen meiner Leidenschaft.

Wie ein Fürst speiste ich im Carlton-Hotel, und dann verbrachte ich noch einige Stunden im Empiretheater, wo ich verschiedene Bekannte traf, die mir alle sagten: „Alter Freund, Sie sehen ja prächtig aus, geradezu verjüngt!“

Und als ich später in meinem gemütlichen Heim in die Federn kroch, da hatte ich die wonnigsten Träume bis an den hellen Morgen, den ich mit dem freudigen Bewußtsein begrüßte, daß die Welt doch schön sei und daß sie etwas enthielte, für das zu leben es sich lohnte.

Bis zu Mittag war aber noch eine lange Zeit, die mir wie eine Ewigkeit erschien. Meine Ungeduld nicht länger bemeisternd, fuhr ich bereits um halb zwölf zu Flamborough.

„Ich komme etwas früher als verabredet“, entschuldigte ich mich, „allein ich wollte gern vor der Französin hier sein. Es fiel mir ein, daß ich vielleicht in einem Nebenzimmer auf den geeigneten Augenblick warten könne, auf der Bildfläche zu erscheinen.“

„Eine vortreffliche Idee!“ stimmte der Juwelier bei. „Läßt sich leicht machen. Wenn Sie da hineingehen –“ er deutete auf eine Seitentür – „und die Tür anlehnen, können Sie jedes Wort der Unterredung hören. Im kritischen Augenblick werde ich auf die Klingel neben meinem Pult drücken – Sie werden dann verstehen, was ich meine.“

„Sehr gut!“ nickte ich. „Sie sollen dann ebenfalls den Grund erfahren, weshalb ich mich vorerst verbergen möchte. Was kostet das Halsband übrigens?“

„Zweitausend Pfund. Das ist es unter Brüdern wert. Es ist ein wahres Prachtstück. Sehen Sie es sich nur einmal an.“ Er holte den Schmuck herbei, und im nächsten Augenblick hielt ich die glitzernden Steine in meinen Händen. Obgleich ich kein Sachverständiger war, erkannte ich ihre seltene Schönheit, und im stillen kam mir der Gedanke, wie gut dieser edle Schmuck zu der vornehmen Schönheit der geliebten Frau passen würde.

Während ich das Halsband noch bewunderte, rief der Juwelier: „Ah, da kommt sie ja schon – auch vor der Zeit!"

Ich warf einen raschen Blick durch die Glaswand in den Laden, und richtig, da stand Susanne, kokett und aufgeputzt wie eine Modedame.

17.

Eiligst schlüpfte ich in das Nebenzimmer, dessen Tür ich angelehnt ließ. Gespannt wartete ich nun auf die weitere Entwicklung der Dinge. Jetzt hörte ich Flamborough sagen: „Nehmen Sie gefälligst Platz, Madame. Was das Halsband betrifft, das Sie mir gestern brachten, so möchte ich gern wissen, wie hoch Sie dasselbe bewerten, mit anderen Worten, was Sie dafür verlangen."

„Dreihundert Pfund", lautete die Antwort in sehr gebrochenem Englisch.

„Dreihundert Pfund", wiederholte der Juwelier, jede Silbe betonend, als erwäge er diese Summe. „Hm – das ist keine übermäßig hohe Forderung. Darf ich aber fragen, wieviel Sie dafür bezahlt haben?"

„Gar nichts. Ich erhielt es von einem Herrn."

„Ah! Sie erhielten es von einem Herrn. Hier in London?"

„Nein, in Paris."

„Würden Sie mir Wohl den Namen des Herrn nennen?"

„Nein, gewiß nicht. Wozu sollte ich das?" kam es schnippisch zurück, und durch die Türspalte lugend bemerkte ich, wie Susanne, mit zurückgeworfenem Kopf, den Juwelier wütend ansah.

„Ihre Frage ist eine Beleidigung", schrie sie. „Geben Sie mir das Halsband her. Das sieht euch Engländern ähnlich, eine anständige Frau zu beleidigen! Meinen Sie etwa, ich hätt's dem Herrn gestohlen? Geben Sie's mir her! Ich werd's woanders hintragen, zu jemand, der bessere Manieren hat."

„Mein liebes Fräulein", unterbrach Flamborough ihren Zornausbruch, „ich möchte Ihnen doch raten, sich zu mäßigen. Wir sind hier nicht an theatralische Szenen gewöhnt. Bitte, setzen Sie sich. Wir wollen ganz ruhig miteinander verhandeln. Ich fürchte allerdings, Sie haben sich in eine ziemlich schiefe Stellung gebracht."

„Wieso? Warum?" fragte Susanne betreten. Ihre Stimme hatte alles Kreischende verloren.

Von meinem Lauscherposten aus konnte ich sehen, wie Susannes Gesicht von Leichenblässe überzogen wurde. Sie brachte augenblicklich auch kein Wort der Erwiderung über die zuckenden Lippen.

„Hören Sie, was ich sage?" fragte Flamborough scharf. „Herr Bracebridge hat Ihnen das Halsband auf keinen Fall geschenkt. Wie ist es also in Ihren Besitz gelangt?"

Er wartete einen Augenblick auf die Antwort, die jedoch ausblieb, und dann drückte er auf die Klingel. Der Verabredung gemäß trat ich jetzt ein.

„Dies ist die junge Person, von der ich Ihnen sprach, Herr Bracebridge", wandte sich der Juwelier zu mir. „Sie hat mir ein Halsband gebracht, das ich Ihrem Herrn Vetter für zweitausend Pfund verkaufte und wofür sie jetzt dreihundert Pfund verlangt. Sie behauptet, es von ihm erhalten zu haben. Was ist da zu tun? Ich denke, ich überlasse Ihnen die Sache."

„Ganz recht", erwiderte ich, und mich zu dem jetzt sichtlich erschreckten Mädchen wendend, sagte ich auf französisch mit einem strengen Blick, der seine Wirkung nicht verfehlte: „Sie sind Susanne?"

Die frühere Zofe schwieg; ihre Lippen schienen zusammengewachsen zu sein, und sie atmete schwer.

„Verstehen Sie nicht, was ich sage?" fragte ich streng. „Sie heißen Susanne?"

„Ja, mein Herr!" stotterte sie leise.

„Bis vor kurzem waren Sie in Paris im Dienste der Baronin Slavinsky?"

Sie nickte stumm.

„Und Sie haben einen Freund, den Sie ›Bibi‹ nennen?"

Wieder blieb ihr die Antwort in der Kehle stecken; mit offenem Munde starrte sie mich an.

„Dem Sie diesen Brief schrieben", fuhr ich fort, ihr ein Blatt aus meiner Brieftasche vorhaltend. „Ein sehr auffälliges Schreiben! Sehen Sie es sich an! Sie erkennen doch Ihre Hand- und Unterschrift?"

Jetzt war sie sprachlos vor Angst. Ich wartete eine Minute auf ihre Entgegnung; da diese jedoch ausblieb, so wandte ich mich zu Flamborough. „Ich glaube", äußerte ich, „es wäre das beste, Sie schickten zur Polizei."

Der Juwelier erhob sich. „Wie Sie denken", sagte er. „Sie allein haben in der Sache zu bestimmen."

Er machte eine Bewegung nach der Tür zu, doch jetzt sprang die bestürzte Französin auf und umklammerte meinen Arm.

„Nein, nein, nein!" schrie sie verzweifelt. „Haben Sie Erbarmen!"

Flamborough blieb stehen, indem er mich erwartungsvoll ansah.

„Nun gut, Fräulein Susanne", erklärte ich, „dann müssen Sie wählen. Entweder, Sie willigen ein, mit mir zu gehen, oder wir schicken sofort zur Polizei."

„Wo wollen Sie mich hinbringen?" fragte sie mißtrauisch und ängstlich zugleich.

„Dorthin, wo Sie über verschiedene Dinge Aufklärung geben können. Wenn Sie meine Fragen wahrheitsgetreu beantworten, werde ich vielleicht – oder wahrscheinlich – Nachsicht üben. Sollten Sie sich jedoch weigern, so würde ich trotzdem anderswo erfahren, was ich zu wissen wünsche. Dann dürfte es Ihnen aber sehr schlecht bekommen. Nun – für was entscheiden Sie sich?“

„Ich will mit Ihnen gehen“, erwiderte sie hastig.

„Gut. Sie haben jedenfalls das Beste gewählt. Lassen wir die Polizei vorläufig aus dem Spiel“, wandte ich mich auf englisch zu Flamborough. „Das Mädchen hat sich bereit erklärt, sich unter meine Obhut zu stellen. Wenn Sie erlauben, nehme ich das Halsband mit. Da ich für die Zahlung hafte, so kann ich es wohl tun.“

„Selbstverständlich!“ nickte der Juwelier, indem er das Etui schloß und mir reichte.

Ich verabschiedete mich von ihm, verließ in Susannens Begleitung den Laden, bestieg mit ihr ein Auto und fuhr nach Streatham Hill.

Lange Zeit sprachen wir kein Wort zusammen; schließlich jedoch siegte ihre Neugier über die Furcht, und sie begann mich mit Fragen aller Art zu bestürmen, die ich sämtlich mit der kühlen Antwort: „Alles zu seiner Zeit, mein Fräulein!“ abwehrte.

Einmal lag es mir auf der Zunge, zu fragen, weshalb sie sich in der Umgebung von Twyford Hall herumgetrieben habe, allein ich zog es doch vor, zu schweigen, weil ich mir dachte, daß sie entweder ahnte oder sogar wußte, daß ich irrtümlicherweise ihren ›Bibi‹ begraben hatte, und dieser heikle Punkt eignete sich jetzt nicht zur Erörterung.

So fuhren wir schweigend weiter, bis der Chauffeur in den Broadlands Road einbog und nach wenigen Minuten vor einer großen Villa hielt, die durch ihre barocke Bauart auffiel.

Nachdem ich den Chauffeur angewiesen hatte, zu warten, führte ich meine vor Angst zitternde Begleiterin die Stufen hinauf und klingelte. Sofort öffnete eine Dienerin, die von meinem Kommen unterrichtet zu sein schien, denn sie geleitete uns, ohne eine Frage zu stellen, durch die geräumige Halle in den Salon.

Dies alles hatte einen so geheimnisvollen Anstrich, daß sich Susanne, wie ich wohl merkte, sehr unbehaglich zu fühlen begann. Sie knickte aber völlig zusammen, als plötzlich die Tür geöffnet wurde und die Baronin ins Zimmer trat. Auf mich zuschreitend, begrüßte sie mich; allerdings nicht so herzlich wie am Tage zuvor; ein bedeutsamer Blick aus ihren schönen Augen verriet mir jedoch den Grund ihrer Zurückhaltung.

„Ich habe sehr merkwürdige Dinge über Sie gehört, Susanne", redete sie das Mädchen in ernstem Tone an, „und ich hielt Sie doch für eine so rechtschaffene Person. Habe ich Sie nicht immer gut behandelt?"

„O ja – immer, Madame", gestand Susanne ganz zerknirscht ein.

„Weshalb haben Sie sich denn in so abscheulicher Weise benommen? Irgend jemand hat Sie gewiß dazu verleitet."

Die Französin klammerte sich an diesen Strohhalm, den ihr die Baronin klug berechnend hinhielt.

„Ja, das ist richtig, Madame", gab sie unumwunden zu.

„Ein Mann natürlich."

„Ach, Madame, es sind ja immer die Männer."

„Eine sehr wahre Bemerkung", nickte die Baronin, „der ich völlig beistimme. Wie heißt der Mann? Sie brauchen nicht zu zögern, denn er ist, wie Sie ja jetzt wissen, tot. Sie nannten ihn ›Bibi‹. Sagen Sie mir aber seinen wirklichen Namen."

„Jacques Tournelle."

„Von Beruf?"

„Das weiß ich nicht. Ich traf ihn einmal im Theater und – – –"

„Oh, ich verstehe", fiel die Baronin ein, „Sie fanden ihn natürlich sehr nett und bemerkten auch, daß er große Ähnlichkeit mit dem jungen Manne hatte, der mich im Grand Hotel so oft belästigte. Stimmt das?"

„Ja, Madame."

„Und auf Grund dieser Ähnlichkeit dachte er sich einen Plan aus, bei dem Sie ihm helfen sollten, wofür er Sie zum Lohn heiraten wollte."

„Sie und der Herr da scheinen alles zu wissen“, stotterte das Mädchen sichtlich niedergeschlagen.

„Ja – beinahe alles. Nur einige Dinge müssen wir noch erfahren. An dem Abend, als ich mit meiner Tante und Schwester in der Rue Vanneau war, schickten Sie Herrn Bracebridge in meinem Namen einen Brief.“

„Wie hätte ich das gekonnt?“ suchte Susanne sich herauszureden, allein die Baronin unterbrach sie, indem sie mir ein Zeichen machte, worauf ich ihr das sorgfältig verwahrte Briefchen reichte.

„Ich verstehe selbst nicht“, wandte sie sich damit zu Susanne, „wie Sie so etwas tun konnten, aber hier – Ihre eigene Handschrift beweist es. Sie schreiben ihm, ich sei bereit, ihm um zehn Uhr bei mir ein Rendezvous zu geben, und bitten ihn ferner, das Diamanthalsband mitzubringen.“

Das Mädchen senkte schweigend den Kopf.

„Ein Halsband“, fuhr die Baronin fort, „das Sie heute morgen zum Verkauf ausboten; für wieviel, Herr Bracebridge?“

„Für dreihundert Pfund“, erwiderte ich, den Schmuck vorzeigend. „Hier ist es. Ich weiß, daß es zweitausend Pfund gekostet hat.“

„Zweitausend Pfund!“ rief die Baronin aus, indem sie einen bewundernden Blick auf das blitzende Geschmeide heftete.

„Und Sie, Susanne, wollten es für dreihundert Pfund verkaufen? Was soll man daraus schließen?“

Noch immer schwieg die Französin.

„Nun gut“, erklärte die Baronin, „so will ich die Frage für Sie beantworten. Sie, Susanne, und dieser Jacques Tournelle, der zu seinem Glück dem irdischen Richter entgangen ist, fädelten eine ganz abscheuliche Intrige ein, erst mir meinen guten Ruf zu vernichten und dann den unbesonnenen jungen Mann zu berauben und zu ermorden.“

Susanne fuhr jäh in die Höhe. „Nein, nein!“ stotterte sie. „Ich hab's nicht getan. Ich – ich – –“ Sie brach ab, als sei sie nahe daran, zu ersticken, griff mit den Händen an die Kehle, riß ihre Bänder und Halsschleifen in Fetzen und verfiel plötzlich in krampfhafte Zuckungen, so daß sie zu Boden stürzte.

„Eine schöne Geschichte!“ murmelte ich. „Wir stehen gerade vor der Lösung des Rätsels, und nun kriegt die Person epileptische Krämpfe.“

Die Baronin jedoch ließ sich dadurch nicht aus der Fassung bringen. „Das macht nichts“, sagte sie zu mir. „Ich habe es schon einmal mit ihr erlebt. In ein paar Minuten ist's vorüber, und dann wird sie uns alles gestehen.“

18.

Die Baronin hatte sich nicht geirrt. Der Anfall bei Susanne war nur von kurzer Dauer, und sobald ihr das Bewußtsein zurückkehrte und sie das Gefährliche ihrer Lage erkannte, gab sie jeden weiteren Widerstand auf, zumal der Anfall sie auch körperlich stark erschöpft hatte. Sie war nun wie Wachs in unseren Händen.

„Ich denke, Sie fühlen sich jetzt besser, Susanne“, redete die Baronin ihr zu, „so daß Sie uns die volle Wahrheit sagen können. Herr Bracebridge und ich, wir sind beide darin einig: wenn Sie ein offenes Bekenntnis ablegen und uns überzeugen, daß Sie an der Ermordung des jungen Mannes unbeteiligt waren, so wollen wir Nachsicht üben und Sie nicht anzeigen. Vergessen Sie aber nicht – man wird Sie trotzdem streng überwachen. Sollte es sich herausstellen, daß Sie uns hintergangen haben, so werden Sie natürlich sofort verhaftet. Sie verstehen mich?“

„Ja, Madame“, erwiderte Susanne in sehr niedergeschlagenem Ton, „ich schwöre Ihnen, alles zu gestehen und nur die reine Wahrheit zu sagen.

Der junge Mann, der nun tot ist, war sterblich in Sie verliebt. Ich sah ihn jeden Tag, und da er mir immer ein reichliches Trinkgeld gab, so wollte ich ihm gefällig sein und erzählte ihm alles mögliche von Ihnen, was ich mir natürlich nur ausgedacht hatte. Er zeigte mir auch das Halsband, das er, wie er mir erklärte, für Sie bestimmt hatte. Ich erzählte meinem Bibi davon, und er machte gleich den Vorschlag, von dem Sie vorhin sprachen.

Erst wollte ich nicht darauf eingehen; als er mir jedoch hoch und heilig versicherte, es solle dem jungen Herrn kein Haar gekrümmt werden, gab ich nach. Wenn alles gut ging, wollten wir uns dann heiraten.

Auf sein Geheiß schrieb ich den Brief und schickte ihn ins Hotel Scribe. Kurz vor zehn Uhr kam der junge Herr ganz außer Atem angestürmt. Er sagte mir, er habe den Brief soeben erst erhalten und deshalb keine Zeit mehr gehabt, sich umzukleiden. In einer Stunde hätte er nach Brüssel abreisen wollen; nun natürlich denke er nicht mehr daran. Ich fragte, ob er das Halsband mitgebracht habe, was er bejahte. Daraufhin führte ich ihn in Madames Salon."

„Wo Bibi wahrscheinlich schon wartete?" ergänzte die Baronin.

„Ja, und zwar mit seinem Bruder, was mich sehr wunderte."

„Dieser Bruder, den Sie Titi nannten, ist jetzt in Berlin, nicht wahr?" fragte ich.

„Sie scheinen ja alles zu wissen!" rief Susanne verblüfft aus. „Die beiden hatten sich hinter die Fenstervorhänge versteckt; ich stellte daher einen Stuhl ganz in die Nähe und bat den Herrn, sich zu setzen, während ich Madame benachrichtigen wolle. Als ich nach fünf Minuten wieder hereinkam – ich hatte nicht das geringste Geräusch gehört –, sah ich, daß der junge Herr an den Stuhl festgebunden war. Er hatte ein Tuch auf den Augen und eines über dem Munde liegen; außerdem hielt ihm Bibi noch ein Taschentuch unter die Nase.

›So, jetzt ist alles in Ordnung‹, rief mir Bibi zu, ›er schläft nur. Brauchst dich nicht zu ängstigen.‹

Dann durchsuchten die beiden seine Taschen.

›Da, Susanne, nimm das zu dir‹, sagte Bibi, indem er mir das Etui mit dem Halsband reichte.

Sie nahmen dem jungen Herrn dann alles fort, was er bei sich hatte – Uhr, Kette, Ringe und die Brieftasche. Bibi öffnete sie und stieß einen so lauten Freudenruf aus, daß ich ganz erschreckt zusammenfuhr.

›Famos!‹ rief er. ›Zieh dich jetzt rasch an, Susanne, und mach dich davon. Du, Titi, gehst zuerst fort. Wir treffen uns im Café du Moulin. In ein paar Minuten wird er aufwachen. Eil dich also, Titi, und sei vorsichtig.‹

Titi schlüpfte aus dem Zimmer, und während ich meinen Mantel anzog, nahm Bibi dem jungen Herrn das Tuch vom Gesicht.

›Er hat weder etwas gehört noch gesehen‹, bemerkte mein Schatz, ›wird daher auch gar nicht wissen, was mit ihm geschehen ist.‹

Nun band er ihn vom Stuhl los, doch plötzlich glitt der Herr herunter und fiel steif wie ein Holzblock auf den Boden. Als Bibi ihn näher untersuchte, fand er, daß der junge Herr tot war."

„Eine sehr rührende Geschichte!" fiel die Baronin ein. „Sie hatten also eine Leiche vor sich und wußten nicht, wohin damit. Wer kam denn auf den netten Einfall, sie in meinen Koffer zu stecken! Sie, Susanne?"

„O nein, nein!" widersprach das Mädchen energisch. „Ich war ja ganz außer mir vor Schrecken und Entsetzen. Natürlich beschuldigte ich Bibi des Mordes und sagte, er habe mich betrogen, aber er behauptete steif und fest, es sei nur ein unglücklicher Zufall gewesen – ein Herzschlag infolge des Chloroforms oder so etwas Ähnliches. Es wäre höchst fatal und ein rechtes Pech, ließe sich nun aber nicht mehr ändern. Wir müßten auch rasch handeln, ehe die Sache entdeckt würde. Ob ich einen großen Koffer besäße, um die Leiche hineinzulegen? Ich hatte allerdings zwei Koffer, allein sie waren viel zu klein. Auf einmal erspähte Bibi durch die offene Schlafzimmertür Ihren großen Rohrplattenkoffer.

›Gerade was wir brauchen‹, sagte er, und als ich protestierte, wurde er so wild und stieß solche Drohungen gegen mich aus, daß ich schließlich tat, was er wollte. Während ich alle Sachen aus dem Koffer nahm, wechselte Bibi im Salon die Kleider mit dem Toten.

Er wußte durch mich, daß der junge Herr die Absicht gehabt hatte, nach Brüssel zu reisen, und sagte jetzt zu mir: ›Ich werde für zwei Tage nach Brüssel fahren, um die Spur zu verwischen. Telegraphiere dorthin an Reginald Bracebridge, Grand Hotel. Und nun eil dich, ich muß fort. Hilf mir die Leiche in den Koffer legen; die Zeit drängt – – ich habe keine Minute zu verlieren.‹

Mir war ganz elend zumute, aber was konnte ich tun; ich mußte ihm helfen. Als wir fertig waren, gab mir Bibi eine Fünfzigpfundnote, und dann verließ er rasch das Zimmer. Ich schnallte nun den Koffer zu und schloß ihn mit einem meiner Schlüssel, der zufällig paßte. Als ich wieder in den Salon ging, fand ich das Halsband; Bibi hatte in der Eile vergessen, es mitzunehmen."

„Und was taten Sie mit meinen Sachen, meinen Kleidern?" fragte die Baronin ärgerlich.

„Ich packte alles in meine Koffer", gestand Susanne, „und in einen dritten, den ich einem Zimmermädchen im Hotel abkaufte. Anders konnte ich mir nicht helfen, aber stehlen wollte ich wirklich nichts. Ich dachte, es käme vielleicht mal die Gelegenheit, Ihnen alles zurückzugeben, Madame. Jetzt kann ich's tun. Die drei Koffer stehen am Lyoner Bahnhof, und hier ist der Schein."

Damit öffnete sie ihre Handtasche, nahm den Zettel heraus und reichte ihn der Baronin.

„Das hatte ich nicht erwartet", sagte diese überrascht.

„Fehlt nichts?"

„Nein, Madame, kein Stück! Ich wollte Sie ja nicht bestehlen. Was ich tat, geschah alles in der Angst und im Schrecken über das Geschehene. Mit dem Halsband habe ich allerdings eine Dummheit gemacht, daß ich es verkaufen wollte. Aber schließlich – es gehörte Ihnen ja nicht, Madame. Der wirkliche Eigentümer ist tot und Bibi ist in Brüssel, wie ich in der Zeitung las, durch einen Unfall ums Leben gekommen. Was sollte ich mit dem Schmuck anfangen? Der Polizei durfte ich ihn nicht abliefern; selber tragen konnte ich ihn doch auch nicht. Ebensowenig wagte ich, ihn zu versetzen. Ich brachte ihn also mit hierher, und das übrige wissen Sie. Ich habe Ihnen die volle Wahrheit gesagt; weiter weiß ich wirklich nichts."

Die Baronin schien dieser Beteuerung Glauben zu schenken.

„Was soll nun geschehen?“ wandte sie sich an mich.

„Ich möchte dem Mädchen noch einige Fragen stellen“, entgegnete ich. „Wie ist's, Susanne, haben Sie in Paris einen gewissen Max Kaufmann gekannt?“

Zu meiner Überraschung bejahte die Französin diese Frage ohne Zögern.

„Sie haben ihm auch an seine Adresse Boulevard Voltaire geschrieben?“

Susanne starrte mich einen Augenblick verdutzt an, dann gab sie auch dies zu.

„Sie verabredeten eine Zusammenkunft mit ihm in der Rue du Bac?“

„Ja, im Café de la Régence.“

„Die Sie auch einhielten?“

„Gewiß. Er hatte auf irgendeine Weise erfahren, daß ich bei der Frau Baronin im Dienst gewesen war und wollte nun ihre Adresse von mir haben.“

„Und was sagten Sie ihm?“ fragte die Baronin gespannt.

„Daß Sie nach London gereist seien, daß ich aber Ihre dortige Adresse nicht wisse.“

„Der Mann war Ihnen fremd?“

„Ja; ich kannte ihn nicht weiter. Ich nahm den Louisdor, den er mir gab, aber er gefiel mir gar nicht; ich hätte ihm sicher nicht Madames Adresse genannt, wenn ich sie auch gewußt hätte.“

Diese letztere Erklärung entlastete Susanne außerordentlich. Sie hätte in der Tat nichts besseres sagen können, denn die Baronin schien dadurch sichtlich besänftigt zu sein.

Ich erhob mich. „Unter den von uns gestellten Bedingungen wollen wir die Sache auf sich beruhen lassen“, wandte ich mich zu dem Mädchen. „Sie verstehen mich?“

„Vollkommen, mein Herr.“

„Gut. Ich werde Sie zur Stadt zurückfahren. Vielleicht fällt mir unterwegs noch eine Frage ein.“

Alsdann verabschiedete ich mich von der Baronin. „Ich hoffe, gnädige Frau, daß ich bald wieder das Vergnügen haben werde – – „ begann ich, doch sie unterbrach mich rasch.

„Meine Freundin, Fräulein Harcourt, hat mir aufgetragen, Sie einzuladen, heute abend mit uns zu speisen.“

Ich nahm natürlich dankend an, und fünf Minuten später saß ich wieder neben Susanne im Wagen. Sie war so froh, der Gefahr entronnen zu sein, daß es mir ohne Mühe gelang, mich mit ihr wegen des von mir begangenen Irrtums hinsichtlich der Beisetzung des Toten in der Familiengruft der Bracebridge abzufinden. Vielleicht auch, weil ich mich großmütig erbot, ihr, falls sie es wünsche, den Sarg mit seinem Inhalt auszuliefern, ein Anerbieten, das ihr einen gewaltigen Schrecken einzujagen schien. An der Westminster Bridge trennten wir uns im besten Einvernehmen, nachdem sie mir vorher ihre Adresse gegeben hatte.

Der Nachmittag verstrich ohne weiteren Zwischenfall. Ich verbrachte ihn in meinen vier Wänden, mich angenehmen Träumen überlassend, in denen das Bild der Baronin eine Hauptrolle spielte und jeden anderen Gedanken verscheuchte.

Das Schicksal hatte uns auf wunderbare Weise zusammengeführt, aber niemand konnte sagen, was daraus entstehen würde – zum Guten oder zum Schlechten.

Seltsam genug lagen die Verhältnisse. Dieser Tag mußte mir wirklich als ein glücklicher erscheinen, hatte er doch so gut angefangen und so vieles ans Licht gebracht. Hätte ich ahnen können, mit welch dramatischen Ereignissen er schließen würde!

Pünktlich um acht Uhr betrat ich Parkhurst Lodge.

Ich lernte in Fräulein Harcourt eine sehr angenehme, hochgebildete Dame kennen, der man ihre fünfzig Jahre nicht ansah. Ihr Neffe war der

Einladung eines Freundes nach außerhalb gefolgt, und so geschah es, daß wir drei allein speisten.

Es war wirklich ein genußreicher Abend für mich.

Nach beendigter Mahlzeit rauchten wir unsere Zigaretten und waren alle drei in heiterster Laune. Als wir uns dann in das anstoßende Wohnzimmer begaben und die Baronin sich ans Klavier setzte und mir mit ihrer süßen Stimme vorsang, da war mein Glücksgefühl auf dem Höhepunkt.

Doch endlich mußte ich mich verabschieden.

Wie im Traum verließ ich das Haus. Der Abend war drückend schwül wie vor einem Gewitter, das sich auch bereits durch fernes Donnergrollen ankündigte.

Langsam schritt ich die breite, kiesbestreute Allee, die von der Straße zur Villa führte, entlang, wurde aber plötzlich gleichsam von einer unsichtbaren Macht zurückgehalten. Anstatt meinen Weg fortzusetzen, bog ich in einen der Gartenwege ein, von dem aus ich die Fenster des Gebäudes erblicken konnte. Weshalb ich dies tat und was ich eigentlich zu sehen hoffte, wußte ich selbst nicht recht – ich folgte eben nur einer augenblicklichen Eingebung, über deren Ursache ich mir keine Rechenschaft zu geben vermochte.

Halb verdeckt von einem dichten Gebüsch, betrachtete ich das Haus. Ich sah, wie die Lichter des Salons ausgelöscht wurden; dann flammte im ersten Stock ein heller Schein in Fräulein Harcourts Zimmer auf, während sich im Erdgeschoß zwei Fenstertüren erleuchteten, vor denen sich ein breiter Balkon befand.

Deutlich konnte ich das Innere des Raumes überblicken, und nun gewahrte ich auch die Baronin, die sich eben an den Schreibtisch setzte.

Mein Herz klopfte übermächtig – aber plötzlich durchfuhr mich ein jäher Schreck: ich gewahrte eine dunkle, unheimliche Gestalt, die verstohlen und gewandt über das Balkongeländer kletterte und das Zimmer der Baronin betrat.

Und dann ertönte ein Schrei, der Tote hätte erwecken können.

19.

Als ich den Schrei vernahm, wußte ich instinktiv, was geschehen war. In heftiger Erregung stürmte ich daher über den Rasen, schwang mich mit einem mächtigen Satz über das Balkongitter und stand im nächsten Augenblick im Zimmer.

Keine Minute zu früh!

Wie ich geahnt, rang die Baronin im Kampf auf Leben und Tod mit ihrem Gatten. In seiner erhobenen Rechten blitzte ein scharfer Dolch: doch bevor der Schurke zustoßen konnte, hatte ich seinen Arm erfaßt und mit solcher Gewalt zurückgebogen, daß die Gelenke knackten und die Waffe seiner kraftlos gewordenen Hand entglitt. Nun versetzte ich ihm mit der Linken einen wuchtigen Stoß unters Kinn, der ihn gegen die Wand schleuderte, wo er wie ein Sack zu Boden fiel.

Im nächsten Augenblick umschlangen mich zwei zitternde Arme.

„Zum zweitenmal gerettet!“ flüsterte die Baronin.

Ehe ich noch die Situation erfaßt und eine Antwort gefunden hatte, öffnete sich die Tür, und Fräulein Harcourt überraschte uns in unserer außergewöhnlichen Stellung. Sie begriff aber sofort, was vorgefallen war. Der Dolch auf dem Teppich, der regungslos daliegende Mann, die bebende Baronin, die mich noch immer umklammert hielt, obgleich ich mich sanft von ihr loszumachen suchte – dies alles sprach deutlicher als Worte.

„Gütiger Himmel!“ rief Fräulein Harcourt entsetzt aus, als sie, näher tretend, den Baron erkannte. „Das ist ja – – Ihr Gatte!“

„Ja – mein fluchwürdiger Gatte!“ bestätigte die Baronin mich freigebend. „Dies ist nun das zweitemal, daß er mich töten wollte und auch das zweitemal, daß dieser Herr“ – sie deutete auf mich – „mir in wunderbarer Weise zu Hilfe kam. Erkennen Sie darin nicht ebenfalls die Hand der Vorsehung und begreifen Sie nicht auch, daß ich ihn im Gefühl der

Dankbarkeit und in der Erregung des Augenblicks umarmte und – und – – „ Sie stockte in sichtlicher Verwirrung.

„Gewiß, begreife ich es!“ nickte Fräulein Harcourt. „Unter solchen Umständen hätte ich wahrscheinlich das gleiche getan. Doch, was ist das für ein schreckliches Ereignis! Ist er tot? Haben Sie ihn getötet, Herr Bracebridge?“

„Nicht ganz“, erwiderte ich mit ingrimmigem Lächeln, „glaube jedoch, er wird in der nächsten Viertelstunde noch nicht fähig sein, wieder auf den Beinen zu stehen.“

„Was soll dann aber geschehen? Sollen wir nicht lieber die Dienerschaft rufen und die Polizei holen lassen?“

„Darüber hat die Frau Baronin zu bestimmen“, entgegnete ich. „Etwas muß allerdings getan werden, denn wenn der Schurke uns jetzt entschlüpft, möchte ihm ein dritter Versuch vielleicht besser gelingen.“

„Wir dürfen ihn natürlich nicht freigeben“, erklärte die Baronin, „nur wünschte ich ihm eine härtere Strafe. Horch! was ist das?“ unterbrach sie sich.

Wir lauschten gespannt. Deutlich vernahm man das Knirschen des Sandes unter den heranrollenden Rädern eines Wagens, der vor dem Portale anhielt. Der Wagenschlag wurde geöffnet und hastig zugeworfen. Eilige Schritte näherten sich der Haustür, und gleich darauf ertönte die Klingel.

Einen Augenblick sahen wir uns verwundert an; dann verließ Fräulein Harcourt hastig das Zimmer, um nach der Ursache der Störung zu sehen.

Sie kehrte bald mit zwei Herren zurück. In dem einen erkannte ich meinen Freund, den Kellner aus dem Hotel Scribe in Paris. Das Gesicht des andern, eines breitschultrigen Mannes, der fast so groß war wie ich und einen mächtigen rötlichblonden Vollbart trug, erschien mir auch nicht fremd, obgleich ich mich nicht entsinnen konnte, wo ich es gesehen hatte.

Wie erstaunte ich aber, als sich die Baronin mit einem Freudenruf in die Arme des Pseudokellners warf.

„Gott sei Dank, Karl, daß du gekommen bist!“ rief sie aus, und dann verneigte sie sich tief vor dem anderen Herrn.

„Dem Himmel sei Dank, daß wir Sie am Leben finden, gnädige Frau!“ sagte dieser, sie warm begrüßend.

„Hier steht mein Retter!“ stellte die Baronin mich nun vor. „Karl, Ihr müßt euch kennenlernen. Herr Bracebridge, dies ist mein Bruder, Graf Schuwaloff.“

„Ach“, lächelte der junge Mann, mir herzlich die Hand entgegenstreckend, „Herr Bracebridge und ich sind längst gute Freunde“, und sich zu seinem Begleiter wendend, fügte er hinzu: „Kaiserliche Hoheit, dies ist der Herr, der uns solch vorzügliche Dienste geleistet hat.“

Ehe ich mich von meiner Überraschung erholt hatte, war der Großfürst auf mich zugetreten und reichte mir nun mit warmen Dankesworten die Hand.

Aber auch die Baronin schien erstaunt zu sein. „Ich verstehe das nicht, Karl“, sagte sie zu ihrem Bruder. „Woher bist du mit Herrn Bracebridge befreundet? Wo habt ihr euch kennengelernt?“

„Das erkläre ich dir später“, entgegnete er. „Jetzt wollen wir uns mal erst mit diesem Schurken da beschäftigen. Ein Glück, daß er uns endlich lebend in die Hände gefallen ist. Sie haben ihm aber einen gewaltigen Stoß versetzt, Herr Bracebridge. Nun bin ich nur begierig, was er sagen wird, wenn er wieder zu sich kommt und uns hier sieht. Was fangen wir mit ihm an? Wozu raten Eure Kaiserliche Hoheit?“

„Wir hatten schon daran gedacht, die Polizei zu rufen“, bemerkte Fräulein Harcourt, die auf vertraulichem Fuß mit den beiden Herren zu stehen schien.

„Nein, nein!“ wehrte der Großfürst. „Davon müssen wir absehen. Der Graf war ihm schon mehrere Tage auf der Spur und hätte ihn beinahe in Paris gefangen. Er entschlüpfte jedoch und kam vorgestern nach London.

Es traf sich glücklicherweise, daß auch ich hier war. Mit Hilfe unserer Agenten fanden wir heraus, daß sich die Frau Baronin ebenfalls hier aufhielt, daß ihr schurkischer Gatte ihre Adresse erfahren und sich heute den ganzen Tag in der Nähe dieses Hauses herumgetrieben hatte. Schlimmes ahnend, fuhren wir von der Gesandtschaft hierher, kamen aber nicht rechtzeitig genug, das Leben der Baronin zu schützen. Dies war Ihr Vorrecht, Herr Bracebridge, und dank Ihrer tatkräftigen Hilfe haben wir den Elenden endlich in unserer Gewalt, der er nicht mehr entrinnen soll. In diesem Falle wollen wir lieber unsere eigene Polizei sein. Darf ich die Fensterläden schließen, Fräulein Harcourt?"

Ich kam ihm rasch zuvor und ließ die Jalousien herab.

„Danke!" sagte er. „So sind wir vor unberufenen Späheraugen sicher. Karl", wandte er sich nun zu diesem, „haben Sie ein großes Taschentuch? Ja, das genügt. Jetzt binden Sie dem Burschen die Füße zusammen, er wird bald genug zu sich kommen, und da gilt es, jedem Fluchtversuch vorzubeugen. Wer hat noch ein Tuch?"

Ich besaß ein solches, und mit raschem Verständnis der Lage kniete ich neben dem noch Bewußtlosen nieder, seine Arme behutsam fesselnd. „Ich brach ihm den Arm", bemerkte ich zu Schuwaloff, „als ich ihm den Dolch entriß. Er wird sicher heftige Schmerzen verspüren."

Der Großfürst lächelte. „Sie haben Ihre Sache gut gemacht, Herr Bracebridge."

„Kaiserliche Hoheit dürfen nicht vergessen", erwiderte ich kühn, „daß es sich dabei um eine Dame handelte."

„Ah, ganz recht! Ganz recht!" nickte er. „Und nun wollen wir ihn auf einen Stuhl setzen." Nachdem dies geschehen war, wandte er sich zu Fräulein Harcourt. „Haben Sie ein flinkes Reitpferd im Stall? Ja? Sehr gut! Und auch einen zuverlässigen Boten?"

„Glücklicherweise ja!" entgegnete sie.

Der Großfürst nahm eine Karte aus seiner Brieftasche und schrieb ein paar Worte darauf. „So –“, fuhr er fort, „wollen Sie nun gefälligst Befehl erteilen, das Pferd sofort zu satteln?“

Fräulein Harcourt verließ das Zimmer, kehrte aber gleich wieder zurück. „Mein Neffe ist soeben nach Hause gekommen“, berichtete sie. „In fünf Minuten wird er bereit sein und mit Freuden jeden Auftrag besorgen, mit dem Eure Kaiserliche Hoheit ihn beehren wollen.“

„Das trifft sich ja ausgezeichnet!“ nickte der Großfürst zufrieden. „Doch still! Unser Gefangener fängt an, sich zu rühren. Ich bitte Sie alle, zu schweigen – kein Wort zu äußern – auch keine Beschuldigungen, Frau Baronin! Die Stunde des Gerichts und der Verurteilung hat noch nicht für ihn geschlagen.“

Der Baron öffnete nun plötzlich die Augen und schaute verwirrt um sich. Wir standen regungslos wie Statuen, ihn scharf beobachtend.

Ein Ausdruck des Entsetzens malte sich in seinen Zügen, als er den Großfürsten erkannte und begriff, was dessen Anwesenheit zu bedeuten hatte. Er versuchte sich zu bewegen, doch der gebrochene Arm entrang ihm einen Schmerzensschrei. Sein scheuer Blick irrte von einem zum andern, und als er unsere ernsten, kalten Mienen sah, stieß er einen Seufzer der Verzweiflung aus.

Eine aschfahle Blässe, die gespenstisch von dem kohlschwarzen Bart abstach, bedeckte sein Gesicht, und nur mühsam brachte er die Worte über die bleichen Lippen: „Um Gottes willen, warum spricht niemand? Will man mich hier umbringen wie einen Hund?“

„Nein“, entgegnete der Großfürst in gemessenem Ton. „Hier ist nur ein Mörder, den sein Urteil an einem anderen Ort erwartet. Frau Baronin“, wandte er sich an diese, „ich wünsche, daß Sie sich auf eine weite Reise vorbereiten. Ihr Bruder wird uns begleiten.“

Die Baronin verneigte sich und verließ schweigend das Zimmer.

„Ich verstehe jetzt“, murmelte Graf Schuwaloff, doch mir erschien alles höchst rätselhaft. Dennoch wagte ich keine Frage zu stellen, zumal ich hoffte, bald aufgeklärt zu werden.

Jetzt vernahm man Pferdegetrappel auf dem Kieswege.

„Kaiserliche Hoheit“, meldete Fräulein Harcourt, “mein Neffe erwartet Ihre Befehle. Wollen Sie ihn selbst sprechen?“

„Ja. Inzwischen geben Sie dem Baron wohl etwas Branntwein oder Kognak. Er hat es nötig, denn es wird sicher noch eine Stunde vergehen, bevor man seinen gebrochenen Arm einrichten kann.“ Er entfernte sich, und Fräulein Harcourt folgte ihm. Graf Schuwaloff zündete sich eine Zigarette an; ich tat das gleiche, aber kein Wort wurde gewechselt. Fräulein Harcourt brachte nach wenigen Minuten ein Glas Brandy, das sie dem Baron an die Lippen hielt. Er trank gierig und murmelte dann einige Worte des Dankes. Ich wußte, daß der gebrochene Arm ihm furchtbare Schmerzen verursachen mußte, aber er ertrug sie mit stoischer Ruhe und schien sich resigniert in sein Schicksal ergeben zu haben.

Nach einer Weile kehrte der Großfürst zurück. Er zündete sich ebenfalls eine Zigarette an, und so rauchten wir schweigend, bis die Baronin erschien. Sie war in Reisekleidung.

„Ich bin fertig“, sagte sie. „Karl, du sorgst wohl für mein Gepäck – ich habe nur das Notwendigste mitgenommen.“

Der Großfürst trat nun auf mich zu. „Es würde mich freuen, Herr Bracebridge“, sagte er in verbindlichem Tone, „wenn Sie uns bis zu unserer ersten Reisestation begleiten wollten.“

Ich nahm diese Einladung nur zu gern an, brannte ich doch vor Neugier, zu erfahren, wie sich die Dinge weiter entwickeln würden.

„Dann lassen Sie uns gehen“, forderte der Großfürst uns auf. „Karl, Sie müssen mir helfen, den Baron in den Wagen zu bringen.“

„Wollen Kaiserliche Hoheit mir das überlassen“, bat ich, und in kaum zwei Minuten hatte ich den hilflosen Baron in einer Ecke des geräumigen Wagens untergebracht.

Wir verabschiedeten uns von Fräulein Harcourt; die Baronin nahm zwischen dem Großfürsten und mir Platz, ihr Bruder setzte sich neben den Gefangenen, und nun ging es schnell fort, wohin, das wußte ich nicht. Während dieser langen, geheimnisvollen Fahrt wurde kein einziges Wort gesprochen. Anfangs vermochte ich mich nicht zu orientieren; erst als wir in den Old Kent Road einbogen, fand ich mich wieder zurecht. Bald darauf jagte ein Reiter in gestrecktem Galopp an uns vorüber, und ich fragte mich im stillen, mit welcher Mission der Großfürst Fräulein Harcourts Neffen wohl betraut haben mochte. Endlich hatten wir Greenwich erreicht, und als wir den Kai entlang fuhren, wurde mir allmählich klar, was meine Begleiter beabsichtigten. Die Ereignisse jenes Abends erscheinen mir jetzt noch wie ein Traum. Wir hielten in der Nähe des Themseufers. Auf dem Wasser schaukelte ein Boot, bemannt mit Matrosen in russischer Tracht.

Ein Offizier, auf dessen Uniform die goldenen Aufschläge blitzten, begrüßte den Großfürsten und meldete, daß das Schiff unter Dampf sei. Hierauf wurde der halb ohnmächtige Baron von den Matrosen in das Boot getragen. Der Großfürst und Graf Schuwaloff nahmen herzlich Abschied von mir. Dann fühlte ich eine kleine warme Hand in der meinen, und eine süße Stimme flüsterte mir leise zu: „Wir sagen nur auf Wiedersehen! Ich werde Sie nicht vergessen."

In gleichmäßigem Takt senkten sich die Ruder ins Wasser, und das Boot glitt in die Dunkelheit hinaus. Wie im Traum lehnte ich an der Kaimauer, von wo aus ich die Umrisse einer schmucken Jacht in der Mitte des Stromes gewahren konnte. Sie wurde plötzlich von dem Glanze zahlloser elektrischer Lampen überflutet; dann dampfte sie in die Nordsee hinaus, dem fernen Petersburg zu.

Der Wagen des russischen Gesandten erwartete mich an der Stelle, wo wir ausgestiegen waren. Ich lehnte mich in die schwellenden Seidenpolster zurück und überdachte die seltsamen, aufregenden Ereignisse des Abends. Auch jetzt erschien mir noch alles wie ein Traum, aus dem ich vielleicht bald erwachen würde, um möglicherweise noch größeren Schicksalswirren entgegenzugehen.

20.

Der Morgen dämmerte bereits stark, als ich meine Wohnung erreichte. Ungeachtet der aufgehenden Sonne begab ich mich zur Ruhe, um noch einige Stunden Schlaf zu finden. Nun träumte ich wirklich. Es war ein Traum voll leuchtender Visionen, die mich anfangs kaleidoskopartig, bunt und unentwirrbar umgaukelten, aus denen mich aber immer wieder ein holdes Antlitz, das ich nur zu gut kannte, anlächelte. Zarte Hände winkten mir und geleiteten mich durch blumenübersäte Gründe, durch sonnige Gärten, wo blühende Rosen mir zunickten und süße Lieder erklangen. Und die weißen Hände lockten mich weiter und weiter bis nach Twyford Hall, das, wie ein Phönix aus der Asche erstiegen, vor mir stand, geschmückt mit kostbaren Kunstwerken, herrlichen Marmorstatuen und prunkvollen Möbeln, erfüllt mit dem berauschenden Duft exotischer Pflanzen, überflutet von einem tausendfarbigen Lichtmeer.

Vornehm aussehende Männer und schöne Frauen umdrängten mich, während ich stolz an der Seite meiner Braut dahinschritt, die sich zu mir neigte und mir zuflüsterte: „Ich sagte es dir ja – ich würde dich nicht vergessen."

Plötzlich verschwand die wunderbare Vision, und die Sonne, die mir gerade ins Gesicht schien, weckte mich auf. Ich sah nach der Uhr – genau zwei Stunden hatte ich geschlafen. Seit meinem schauerlichen Erlebnis in Twyford Hall glaubte ich sehr fest an Träume, und dieser letzte übte einen so nachhaltigen Eindruck auf mich aus, daß ich nach eingenommenem Frühstück zu dem ersten Londoner Dekorateur Maples fuhr, dem ich die weitgehendsten Aufträge gab, Twyford Hall neu zu dekorieren und zu möblieren sowie mit elektrischem Licht zu versehen. Daß ich dies alles aus Anlaß eines Traumes ins Werk setzte, mußte mich vor mir selbst als einen rechten Narren erscheinen lassen, um so mehr, als ich bisher nicht die geringste Lust verspürt hatte, den so ungemütlichen Ort jemals wieder aufzusuchen. Trotzdem hielt ich an dem einmal gefaßten Plane fest, und noch am selben Nachmittag überraschte ich Frau Robinson, den alten Lawson und meinen braven Dick, indem ich plötzlich in ihrer Mitte erschien und ihnen erklärte, Twyford Hall solle von Grund auf umgestaltet werden. Binnen einer Woche war alles im Gang. Ich nahm meinen Wohnsitz im Herrenhaus und war selbst erstaunt, mit welch regem Interesse ich die Umgestaltung des alten Gebäudes überwachte.

Die Ausführung einer gewissen Angelegenheit machte mir eine Weile viel Kopfzerbrechen; als ich jedoch meinen Dick und den Totengräber des Dorfes ins Vertrauen zog, gelang die Sache ohne große Schwierigkeit, und der arme Reginald erhielt schließlich doch seinen Platz in der Gruft seiner Ahnen. Was die sterblichen Überreste des anderen anbetrifft, so wußte niemand außer dem Totengräber, wo dieselben in die Erde gesenkt worden sind, und da der gute Mann inzwischen verstorben ist, so wird man wohl bis zum Jüngsten Gericht auf die Lösung dieses Geheimnisses warten müssen, falls es wirklich einer Aufklärung wert wäre, was ich jedoch zu bezweifeln wage. Und nun komme ich zu dem Höhepunkt meiner Geschichte, dem seltsamsten, romantischsten Erlebnis, das je einem Menschen begegnet ist. Volle drei Wochen waren verstrichen ohne eine Nachricht von Petersburg, so daß ich bereits anfing, recht ungeduldig zu werden, als ich endlich einen Brief erhielt, der mich in einen Freudentaumel versetzte, weil aus dem Schreiben ein schmaler Papierstreifen fiel, auf dem geschrieben stand:

„Ich sagte Ihnen, ich würde Sie nicht vergessen. Kommen Sie zu Ihrer

Irene.“

Nur diese wenigen Worte – aber welche Verheißung! Womit hatte ich ein solches Glück verdient, wie es mir jetzt entgegenlächelte?

Der Brief war von Irenes Bruder und lautete:

„Lieber Freund!

Der Großfürst hat mich beauftragt, Sie zu ersuchen, aus jeden Fall Dienstag, den 24. d. M., in Petersburg einzutreffen. Wenn Sie Berlin am 23. mit dem Morgenschnellzug verlassen, können Sie rechtzeitig hier sein. Begeben Sie sich vom Bahnhof nach dem Hotel de France an der Großen

Morskaja, wo ich Sie aufsuchen werde. Alles weitere teile ich Ihnen alsdann mündlich mit. Bis dahin verbleibe ich

Ihr sehr ergebener
K. Schuwaloff."

Zum Glück war ich gerade in London, als der Brief ankam. Ich fuhr sofort in meinen Klub, um den Fahrplan zu studieren. Es war der Neunzehnte. Konnte ich Petersburg rechtzeitig erreichen? Ich überlegte. Bis Berlin dauerte die Fahrt zweiundzwanzig Stunden, von dort bis Petersburg noch weitere einunddreißig. Das ließ sich also ohne Überstürzung machen. Als ich am Abend meinen Koffer packte, traf ich eine sorgfältige Auswahl unter meiner Garderobe; auch vergaß ich nicht das kostbare Halsband, das ich durch Flamborough erworben hatte, mitzunehmen. Kurz vor neun Uhr befand ich mich auf dem Wege nach Berlin, wo ich übernachtete. Und dann begann die lange Fahrt nach Petersburg. Auf der ganzen Strecke jenseits der preußischen Grenze wurde die Eintönigkeit der öden Landschaft nur selten durch ein Dorf oder eine einsame menschliche Behausung unterbrochen, und mit einem wahren Gefühl der Erleichterung fuhr ich in den Warschauer Bahnhof am südlichen Ufer der Newa ein.

Nach einer ziemlich langen Wagenfahrt durch einen schmutzigen Stadtteil gelangte ich endlich ans Flußufer, wo sich mit einem Schlage die ganze Pracht der russischen Metropole vor mir auftat.

Die mächtigen Granitpfeiler der Kais, die vergoldete Kuppel der imposanten St.-Isaaks-Kirche, die architektonisch kunstvolle Turmspitze der Peter-Pauls-Festung, in deren düsteren Gewölben so mancher Zar in seinem Bleisarge ruht, die gewaltige Fassade des Winterpalastes – all dies flog an meinen erstaunten Blicken vorüber, als wir über die Brücke jagten, und ehe ich's mir versah, befanden wir uns auf dem berühmten Newskij-Prospekt, wo der Wagen vor dem Hotel de France anhielt.

Und nun begann ein Wirbelwind von Überraschungen aller Art.

Sobald ich dem Portier meinen Namen genannt hatte, wurde mir mitgeteilt, daß die besten Zimmer des Hotels für mich reserviert worden seien, und man geleitete mich mit so viel Höflichkeitsbezeigungen dorthin, als sei ich mindestens ein Großfürst. Verschiedene Erfrischungen sowie ein dampfender Samowar standen auf dem Tisch des eleganten Salons, wo mich ein Mann in einfacher Livree erwartete. Er stellte sich mir als Diener des Grafen Schuwaloff vor und erklärte, auf Befehl seines Herrn völlig zu meinen Diensten zu stehen.

Alsdann überreichte er mir einen Brief, dessen Inhalt lautete:

„Lieber Freund!

Eine halbe Stunde nach Ihrer Ankunft werde ich bei Ihnen sein. Kleiden Sie sich um und halten Sie sich bereit, mich zum Winterpalast zu begleiten.

Karl."

Mein Herz stand plötzlich still. Erst hieß es „Irene", nun „Karl" und als Krone des Ganzen eine Beorderung in den Winterpalast, die zweifellos vom Zaren selbst ausging! Das war mehr, als ich mir hätte träumen lassen. Zum Glück bin ich nicht leicht eingeschüchtert, wodurch es auch immer sei, und so warf ich mich auch jetzt mit ziemlicher Selbstbeherrschung in Gala und war auf alles vorbereitet, noch ehe Karl Schuwaloff erschien.

Als er dann eintrat, begrüßte er mich mit kräftigem Händedruck. „Aha, da sind wir ja!" rief er in heiterer Laune. „Was war das für eine Nacht in London! Eh? Nun kommen Sie aber – der Wagen wartet, und in drei Minuten sind wir am Ziel. Aber bitte, unterwegs keine Fragen stellen!"

Den Haupteingang des Palastes am Flußufer umgehend, betraten wir das Schloß durch eine Seitentür und wurden sofort in einen kleinen, aber prunkvoll ausgestatteten Salon geführt, von dem aus man die Newa sehen konnte. Wie ich im stillen gehofft, war Irene anwesend – zu meiner Überraschung in glänzender Gesellschaftstoilette. Sie kam mir mit ausgestreckten Händen entgegen und stellte mich dann ihrem Vater, einem stattlichen, älteren Herrn, vor, der mich mit einer Wärme begrüßte, die mich fast in Verlegenheit setzte. Wir hatten jedoch nur erst wenige Worte gewechselt, als ein Page erschien.

„Seine Majestät haben befohlen!“ meldete er, worauf er uns einen schmalen Korridor entlang führte, eine Tür öffnete und zur Seite trat, um uns in das Arbeitszimmer des Zaren einzulassen. Der Kaiser, in kleiner Uniform, saß an einem breiten Tische, der mit Briefen und Aktenstücken bedeckt war. Er nickte uns freundlich zu, während der Großfürst, dessen Bekanntschaft ich in London gemacht hatte, sich erhob, uns entgegenkam und mich mit warmem Händedruck begrüßte.

„Ach, mein Herr“, sagte er lächelnd, „unsere geheimnisvolle Abreise hat Sie damals wohl nicht wenig überrascht?“ Und sich zu dem Zaren wendend, fügte er hinzu: „Eure Majestät, dies ist der Herr, dem wir eine Auszeichnung zugedacht haben.“ Was nun folgte, entsprach eigentlich nicht dem Hofzeremoniell, denn der Herrscher aller Reußen erhob sich und reichte mir die Hand.

„Herr Bracebridge“, sagte er in verbindlichem Ton, „Sie sind heute auf meinen besonderen Wunsch hier, und ich freue mich aufrichtig, Sie kennenzulernen. Sie haben uns und dem Russischen Reich einen sehr großen Dienst erwiesen, den wir jedoch aus Staatsgründen lieber nicht erörtern wollen. Ich möchte Ihnen aber persönlich danken und mich erkenntlich zeigen. Sprechen Sie ohne Scheu einen Wunsch aus – er soll Ihnen gewährt werden.“

Der Monarch hielt inne, als er aber sah, daß meine Blicke zu der Baronin hinüberflogen, setzte er hinzu: „Ah, ich hatte ganz vergessen! Wie ich erfahren, haben Sie unsere Freundin, die Baronin Slavinsky, zweimal aus den mörderischen Händen des Schurken befreit, der ihr Gatte war.“

„Ihr Gatte *war*?“ wiederholte ich, das letzte Wort überrascht betonend.

Der Zar lächelte. „Ja, denn das Band zwischen ihnen ist gelöst.“

„Dann, Eure Majestät“, rief ich, in meiner Freude alles um mich her vergessend, „dann bitte ich nur um einen Lohn, wenn ich überhaupt einen solchen verdient habe. Ich bin ein reicher Mann und entstamme einer angesehenen britischen Familie. Einer meiner Vorfahren hatte einst die Ehre, Ihren großen Ahnen, Peter den Ersten, bewirten zu dürfen. Ich bedarf daher keiner materiellen Anerkennung. Was ich mir wünsche, ist einzig und allein die Hand dieser verehrten Frau, die ich seit dem ersten Augenblick unserer Bekanntschaft geliebt habe.“

Der Zar wandte sich mit lustigem Augenzwinkern zu der Baronin.

„Frau Baronin“, sagte er, „nehmen Sie diese Werbung an?“

Irene verneigte sich mit tiefem Erröten.

„Und Sie, meine Herren?“ fragte er ihren Vater und ihren Bruder. „Geben Sie Ihre Einwilligung?“

Beide verbeugten sich zustimmend.

„Dann“, bemerkte der Zar lächelnd, „soll es heißen, wie Ihr großer Dichter Shakespeare sagt: ›Wenn es geschehen muß, so wäre es gut, es geschähe rasch.‹ Ich darf wohl verraten, Herr Bracebridge, daß Ihre Bitte nicht ganz unerwartet kam und daß alles zu ihrer Erfüllung vorgesehen ist. Es bleibt mir nur übrig, Ihnen aufrichtig Glück zu wünschen und die Hoffnung auszusprechen, daß wir Sie beide von Zeit zu Zeit an unserem Hofe sehen werden.“

Damit war die Audienz beendet. Ein Page führte uns in den Salon zurück, wo sich der Großfürst bald darauf zu uns gesellte. Es erschien sodann ein zahlreiches Gefolge von Hofbeamten in glänzenden Uniformen, und nun wurden wir durch märchenhaft schöne Säle nach einer hohen Vorhalle geleitet, von der uns einige Marmorstufen in eine kleine Kapelle hinabführten. Den Trauungsakt vermag ich nicht zu schildern. Ich habe nur noch eine verworrene Vorstellung von Priestern in goldstrotzenden Gewändern, von Kerzen, die auf dem Altar brannten und deren Licht sich in den heiligen Gefäßen spiegelte, von dem betäubenden Duft, der den silbernen Weihrauchfässern entstieg, und von einem komplizierten, aber feierlichen Ritual mit vielen Kniebeugungen. Das ist alles, dessen ich mich entsinne.

„Und nun, Bruder Frank“, sagte Karl nach beendeter Zeremonie, „wir drei – Seine Kaiserliche Hoheit, unser Vater und ich – wir werden mit euch beiden im Hotel speisen. Ihr seid die Gäste des Zaren, auf dessen Befehl ich ein Hochzeitsmahl bestellt habe, das, wie ich hoffe, der festlichen Gelegenheit würdig sein wird.“

In der Tat – er hatte nicht zuviel versprochen, und bis an mein Lebensende wird die Erinnerung an dieses herrliche Mahl in mir lebendig bleiben. Doch ich will nicht in die Einzelheiten desselben eingehen, auch nicht die prachtvollen Geschenke des Zaren für meine junge Frau näher schildern. Nur eins muß ich noch erwähnen – das Überraschendste unter all den Überraschungen dieses Tages. Als der Großfürst sich von der Tafel erhob, verabschiedete er sich von uns mit den Worten: „Ich muß nun in meinen Klub, und Sie, junges Paar, sollen Ihre Hochzeitsreise antreten. Der Wagen ist auf Mitternacht bestellt. Ihr Vater und Karl werden Sie bis zu meiner Jacht begleiten, die am Admiralitätskai vor Anker liegt. Sie steht zu Ihrer Verfügung, solange es Ihnen beliebt, sie zu benutzen. Gute Reise, viel Glück und auf Wiedersehen!“

*

Vier Wochen später, bei unserer Ankunft in London, ließen wir uns vorsichtshalber in aller Stille nochmals im Standesamt von Westminster trauen. Und dann ging es ins neue Heim!

Ich bezweifle, ob die alten grauen Mauern von Twyford Hall jemals einen so fröhlichen Einzug gesehen haben wie den unseren. Drei Dinge sind's, die ich nicht weiß und auch nicht wissen will. Erstens den Inhalt des Dokumentes, das ich im Grand Hotel in Paris gefunden hatte, zweitens den Grund, weshalb Karl im Hotel Scribe den Kellner spielte, und drittens das Schicksal des Barons Slavinsky. Diese drei Dinge verlange ich nicht zu wissen, denn sie werden völlig in den Hintergrund gedrängt durch das große, unaussprechliche Glücksgefühl, das meine Seele erfüllt, wenn immer – und das geschieht sehr oft – ich mit zärtlichem Blick meiner geliebten Irene ins Auge schaue.